LES ABEILLES DE L'INVISIBLE

JEAN-MICHEL MAULPOIX

見えないものを集める蜜蜂

ジャン＝ミシェル・モルポワ

綱島寿秀 訳

思潮社

見えないものを集める蜜蜂

ジャン＝ミシェル・モルポワ／綱島寿秀訳

思潮社

目次

装幀＝田中　勲

見えないものを集める蜜蜂

われわれの務めは、このはかない束の間の大地を深く、苦痛にみちて、情熱的にみずからに刻みつけることによって、その本質を見えないかたちでわれわれのうちによみがえらせることです。われわれは見えないものを集める蜜蜂なのです。

ライナー・マリア・リルケ

不器用に生きている人間ははたらきものの蜜蜂をうらやむ。骨にかこまれて窮屈にしている人間は、蜜蜂の六本の脚と二本の触角、黒っぽい毛皮の短上衣《ボレロ》と毛なみ豊かなコルセットを欲しがる。彼は、蜜蜂たちが野原の花の上で巧みにバランスをとり、食い道楽のおしゃべりをし、口を甘くうならせるのに見惚れる。そして自分自身、女友達の白い肌が香料パンの色と香りになる夏、愛をうち明けようとして、赤い薔薇の花束をおくり、抒情的な詩句をささやき、そして灯りを消す……。彼にとってはことばが羽や花粉の代わりをする。蜜を作るのではなく、インクをまき散らす。物思いの中を飛びあさる。この世の物から詩以上に良きものを作り出すことは、彼にはできない。彼のことばには空がひろがる。そして存在しないものたちが、彼の頭の中にひときわ大きな場所を占めている。

*

この雑多な散文集はいわば巣箱のようなもの、感動と思索のささやかな収穫を運ぶためにことばが行き来する蜂の巣のような本である……。かつて女王蜂を信仰するかのようにざわめいていた音楽ゆたかな群れは、もうとうの昔に去ってしまった。今日なおわれわれに残された詩のことばはただひとつ、別れのことばだけ。しかしたとえ巣箱がうつろに静まってしまっても、われわれはそこを立ち去るわけにはゆかない。われわれは部屋と道とを行き来するように定められており、自分に限りがあるまさにそのゆえに、あり得ないものに糧を見い出さねばならないのだ。

＊

被造物のはかない姿をえがき出そうと努めるうちにも、ことばはさりげなく、ことば自身やそのことばを書く者のことを語る。庭の隅で、画家のカンバスの上で、教会の柱の間で、物憂い夜行列車の中で、あるいは音楽の見えない建築のもとで、それはありとあらゆるもののインクの心を探し求める。そしてそれを見つけるやことばは立ち止まりやすらぐ。

＊

書くとは、物の名を変えるというよりはむしろ、ことばにつもった埃を払いのけ、世界を灰一色の単調さから救い出すことである。ことばに報いる者はこうして、見えるものにはその色を、見えないものにはその浮彫りを取り戻す。それは驚異を分泌する。

蜜蜂であること

蜜蜂は高貴な蟻である。

その羽は、つややかな細腰の働きものを地上から解きはなった。この黒いいとこよりもむら気で、疲れも知らずに踊り、ぶんぶん音をたてる。そして飽くことなき欲望で野原の香りを集めてまわる。その花いっぱいの口は、かつてピンダロスやプラトンの唇に触れたともいう。またプルタルコスによれば、初めて蜜蜂に詩句を寄せたのはデルフォイの巫女ピュティアであった。

「翼をもたらしておくれ、鳥よ、そして蜜蜂は蜜蠟を。」

＊

古来この方蜜蜂は詩人たちに、正確さと自由、そして慎重であることを教えてきた。ひとつの語から次の語へと進むこと、ことばに釣合いをもたらすこと、世界中のありとあらゆるものを駆けめぐり、ただ蜜だけを作り出すこと、巣箱と野原を、巣穴と青空を結び合わせること、けっして意気を阻喪せず、死にいたるまでくりかえし必要かつ単純な作業に身をささげること、そしてとりわけ花を大切にすること、花との待合せはきちんと守らねばならない。春は待ってくれない。

＊

朝、野原では太陽がしずくし、蜘蛛たちが眠っている。指輪をはめ、閉じた口に紅をさした花々のまぶたの上に……。

蜜蜂は少しはだけた花のシャツの上にかがみ込む。花びらのまんなかのボタンがふくれると、たちまち蜜蜂の心は花粉のなかにころげ込む。

＊

それは「光の娘たち」、そしてその「仕事は喜び」（ユゴー）。色と香りに溢れたその花の王国に憂鬱がつけ入るすきはまったくない。蜂蜜のような詩を書くことができればと、誰しも一度は思ったことがあるだろう。しかしインクはいつまでたっても黒いまま、紙が匂いたつことはない。ことばはそこで、葬式の日のように暗い行列を作ってゆく。まるで思索を運ぶ葬儀屋だ。よくて勤勉な思索の蟻だ。物書きの中には巣箱よりも、ひっくり返された蟻塚がひしめいている。

＊

われわれは野原の安らぎを乱す厄介な歩行者以上のものにはけっしてならないだろう。しかも盲目で、香り豊かなこの世界の核心を示されても、それを認めることができないのだ。

＊

蜜蜂の生活は模範的で、いささか教えに富みすぎているようだ。人がそれをまねようとすると、収容所を作り出すか、イカロスのように、太陽に近づくと溶けてしまう二枚の蠟の羽を腕に貼りつけることになる。

はたして彼は、蜜蜂の手本にならい、世界の中にあってその富をくすねずにいられるだろうか。機械も組織も、不朽の花粉を分泌することはない。そしてコンクリートの巣は、寝心地が悪い。

＊

「すべては知覚から反省へ、そして反省から知覚へと戻ることに帰着する。たえず自己へと戻り、またそこから出てゆくこと。それは蜜蜂の労働だ。どれほど土地をめぐろうと、蜜蠟を貯えた巣

箱に戻るのでなければ意味がない。どれほど蜜蠟を貯えても、それで蜜巣ができあがらなければ無益である。」（ドニ・ディドロ）

＊

ひめはなばち族は地面にじかに住み処らしきものを作り、そこに「蜂パン」を調達する。ぬりはなばち族は屋根瓦や軒蛇腹の下に漆喰の巣を貼りつける。つのはきりばち族は穴のあいた幹や蝸牛の殻を住まいに選び、そこに花びらを敷きつめる。

＊

彼らに欠けているのはただひとつ、その震える道行きの跡を花々のあいだにしるさないことだ。ああ、もしも彼らが巣箱の暗がりに蜜をため込んだりせず、あの愚痴っぽい蜘蛛のように、空中に蜜の布を織りあげたら、いったいどれだけの金の糸が野原を香らすことだろう。

＊

蜜蜂は単独でありかつ無数である。仲間どうし区別するものはなにもない。蜜蜂には気分も表情もない。うわさの種にはならない。胸ときめかす恋の物語もない。ただひたすら深くすする。軽やかで長いその舌はなんの感情もまじえず、花びらの底をさぐる。

蜜を集めおえると、群れのざわめきの中に溶け込む。こうして誰でもないことによって、あらゆるものを蜜にする権利をえたのだ。

＊

雀蜂《ゲープ》ほど無頓着でも横柄でもないし毒気もなく、腰を締める下着《ゲピエール》などは身につけない。花柄のエプロンをつけ、巣箱の入り口を掃除する姿のほうが似合っている。かしこい主婦、貞淑な妻として、出しゃばって自分の一本立ちを主張したり、知ったかぶりの話などせず、ひたすら名のない群れのあいだに身をひそめ、なすべきを果たしたのちはひとり死んでゆこうと思っているらしい。

＊

大空は、とどのつまり、蜜蜂の関心をひかない。あの青みへと昇ってゆくにはその羽は弱すぎる。蜜蜂はマーガレットの花で満足する。翼をもった生きものたちのうちでも蜜蜂は、もっとも地上的でありしかも太陽に通じている。その知恵はこうである。明るさと穏やかさを作り出して内面的に用いること、夢やあこがれを実現するごとく夏の香気に実体を与えること、高みの幻に心をうばわれたりせず、果樹園を見失わないまま驚異にいたること。

＊

蜜蜂は、「蜂蜜の音楽的形態」であるより以前に、映し出されたその影だとか、予知力、難行、それに無言の分泌活動である。驚異は暗い管の中で作り出される。

＊

群れが飛びたつ機先を制するには、女王蜂の羽を引き抜くのがよい、とヴェルギリウスは勧めている。

＊

蜜蜂は天使たちの小さな姪である。そしていつかまた天使たちのもとへ帰りたいと願っている。ずっと成長して、流謫の地での長い仕事を果たし、青空と香りを貯え、花粉と蜜とロイヤルゼリーをおおいにため込んで、自分自身までが子供の飴玉のように透明で甘くなったときに。

＊

こうして花という花の首に身を投げ出して、蜜蜂は何を忘れようとしているのだろう。どのような、昔の傷ついた愛をだろう。蜜蜂であるとは欲求に従うことであり、その愛は妖精のような仕事となる。蜜蜂は憔悴しきるまでときめきに身をまかせる、ひ弱な心臓にほんのわずかでも時間のひびがはいらないようにと。

そのひとひらの炎が蜜蜂の中に光の生《き》の状態を作り出す。

＊

わたしはよく、蜜蜂が夜休まず、また冬のあいだも羽をたたんで眠りこんだりせず、蜜を求めて闇や雪の中を飛びまわる姿を思い浮かべる。

花よりもさらに、何か見えないものに惹きつけられるような蜜蜂がいるにちがいない。そのような蜜蜂は満ち溢れた巣箱を去ると、未知の花粉を求めて飛んでゆくだろう。そして野原から色も香りもなくなってしまったならば、眠っている人間の頭の中にまで探索をおしすすめるだろう。

仔猫が死んじゃったの

I

ピストルで頭をうち抜いてやらねばならなかった。水に溺れさせるのはあまりにも残酷に思われた。獣医に注射をうってもらうのでは、われわれのあいだに結ばれたきずなを最後にけがすことになってしまったろう。何が起こったのか、追悼の意をこめて、すこし語ってみたい。

彼はユリシーズと呼ばれた。そのがまん強さとまっ黒な毛、そしていくどにもおよぶ冒険の旅のゆえに。何日もいなくなることがよくあった。恐るべき愛にうちこんでいたのだ。そのたびに痩せ、傷ついて帰ってきた。週を追うごとにみじめな姿になり、毛色はくすみ、耳は引きちぎれ、頭には血のにじんだ厚い大きなかさぶたをつくって来た。しかしそれがふさがるころには、また鉤爪の攻撃にさらされに出向いてゆくのだった。

彼は自分の命を生きていた、気の向くままにしたい放題に。どんな権利でそれを禁じえよう。ここにいれば眠りにも食事にも事欠かなかった。ブリキの皿にもられた赤いキャットフード。園亭の下にある藁を敷きつめた木箱。そしてすこし機嫌がよく、撫でてもらいたいと思うようなときには、そうしてもらえた。

庭ではわたしたちのあとをついて回った。花のかげに隠れたり、しっぽをのばして背中をまるめ、わたしたちの足もとにすり寄った。しかしそれは彼の生活の半面にすぎなかった。別の半面は、わたしたちの夢の秘められた物語のように、冒険にあふれた激しいものだった。わたしは彼の、謎めいた愛のかさぶたをときおり妬んだ。

よい終わり方はしないだろうと思っていた。たとえば、気の小さい不運な人間のように、車にでもひかれるのだろうか。そのおぞましい頭を守ってやるためには、競輪の選手か兵隊のヘルメットの模型を作ってやらねばならなかったろう。しかし猫には仔犬みたいに妙な服は着せない。滑稽に見えるよりは、醜くなったほうがまだましだ。

ある日猫は尻をひき裂かれて戻ってきた。いったいどれほどのあいだ二本脚で引きずって来たのだろう。窓の下で何度か鳴き声をあげると、階段の下にうずくまった。もう終わりだということがわかった。力のなくなった体にはすでに蠅がむらがり、すぐにその幼虫たちが、傷の穴をすべてふさぐべくひしめいて来た。わたしは、狡猾で人をあざけるような死が仕事を始めたのだと思うとぞっとして、ブラシと粉でやつらを追い払おうとした。が、無駄だった。

苦しいだろうか。どうして知ることができよう。不幸にして生きながらえたところで、まちがいなくもう籠と竈のあいだを這うだけで、外に出ることはないだろう。わたしは首を砕いてやろうと棒をさがした。しかしその勇気はなかった。わたしはしりぞいた。

もう一人が穴を掘り、その縁に猫を寝かせ、頭をうち抜いた。彼は屍骸を起こし、うかがった。猫は舌を伸ばしていた。冷ややかに鬱血したその奇妙な舌には、血が一しずく滲んでいた。石灰と泥だらけの猫はもういない。

Ⅱ

「どうしたんだい。」
「仔猫が死んじゃったの。」

アニェスはひとことそう答えた。邪気のまったくない少女の口から発せられた、ぞっとするような、しかし優しさにあふれた短いことば。この世界の不安定な一部分が消え去ったという静かな知らせ以外にどんなニュースがあるというのだろう。それだけがわたしたちにかかわるのだ。たとえ朝刊がそのことを語らないにせよ。それこそがわたしたちの生活の唯一の出来事であり、書き伝えられてゆくただひとつのことなのだ。わたしたちは考えそして死んでゆく塵以外の何者だろうか。

ほかのどんな物語がわたしに作れるだろう。これがわたしの物語だ。それは、お望みとあれば、わたしの生活の出来事を伝える。それは、わたしの血や古くなった骨の中がどんな模様なのかを語る。そして、いついかなる時でも誕生と死とが縫い合わされているこの世界の鼓動を聞くようにいざなう。

「そうなんだよ、アニェス、世界というのは不思議なものなんだよ。犬や猫はそこでは騒がず静かに死んでゆくんだ、車のフロントガラスにぶつかる蚊やタイヤの下敷きになる蟻や針鼠みたいにね……」

「そしてじきにあなたの番がやって来る。黒いワゴン車のことを考えてみたまえ。運転している陰気な人間のこれ見よがしの礼儀を思ってもみたまえ。そして花束。小道できしる白い砂利。金文字で刻まれたあなたの名前。残された者たちの涙と握手。もしそれでも不足なら、ボードレールの「腐屍」を読みかえしてみたまえ。そこには愛の便りがしるされているから。」

天使たちとの対話

「空に触れようなどとは思いもしませぬ、腕ふたつほどの身の丈のゆえ。」

サッフォー

信仰が失せても喜びはとどまる。教会の中で人が何を経験するのか、今日ではことばがそれを模索する。

わたしは身をふるわせる。

不思議と落ち着いた気持ちで、だがやはり不安をいだいて。

わたしは影に包まれている。その暗がりをわたしは内側から知っている。自分のまわりにわたしはわたし自身の体という観念を持ちはこぶ。そしてここにやって来ると、たちまち魂とでも呼ぶべきものがわたしに戻って来るのだ。

＊

血を流すキリストのかたわらにカメラが存在するというのは耐えがたいことだ。厚い壁に囲まれているのに、なにか蠟燭の炎のようにあたたかく優しくふるえるものが消えいりそうになり、ついで建物全体が今にも崩れ落ちそうになる。この崩壊寸前の不安定こそは、まさに人間の生、その最前線、その揺れなのだ。人間の存在は、蠟燭の炎をくらますフラッシュの光におびやかされている。淡い明りを望むには、神を信じなければならないのだろうか。

＊

「隔たりをなくすとは殺すことだ。われわれのもとにあるとき、神々は死ぬ。」

「われわれは地上における神々のこだまを愛する。神々をじっと注視することができないので、その反映に、景色にそそぐ光の綾に、親しい人の老いはじめた顔にうかぶ皺に、心を動かされる。見えないものにわれわれは淡い色合いと愁いをおびた名をあたえる。「陰翳を、さらに陰翳を。」われわれが無限に近づくことができるのは、それが散らされているときだけだ。それがわれわれというもの。あの高い空をわれわれは低いここに見い出さねばならない。空の高みが絶えずわれわれを地上へと向け、日々のありさまや大切な声の調べを変えながらわれわれをそこにわずかに根づかせるのだ。不在の神々がわれわれを人間にする。実際のところ信仰はさほど重要ではない、とりわけみずからを明晰な知と任じ、曖昧であるべきものをさえ規定しようとするときには嫌悪すべきものとなる。」

＊

もしも時あって、教会に行き、信じてはいないけれども神に祈りたい、と思うことが許されないとすれば、この地上はわたしには住みがたい。

＊

神はわれわれの裡にある。ただし、みずからを誇示し、こうした謎を格下げし、さらにはそれをおおい隠してしまうような尊大な「我」としてではなく、われわれ自身と同じ死すべきもののようにして。われわれは何よりもまず、ほかの何にもまして、われわれ自身であるよりも前に、死すべきものであり、そのことをたえず忍び、「死 - のために - 存在する」のでなければならない。死にこねられ、死に干され、ことばのなかでは死によって渇きをいやし、死に扇動されたあらゆる種類の仕事に気をまぎらし、死を忘れようと努める知力を、死から受けとって。

＊

「なぜ無ではなく何かがあるのか。」

「不思議なのは、無ではなく何かがある、ということではなく、地上で人間のようなものに出会うということだ。彼は不安を覚えるにたくみである。

動物や植物たちは色と音が織りなす世界で安定した場所を得ている。人間はあらゆることを気にかけ、美しいものそうでないものを選りわけ、世界に世界をつけ加え、その力で作り出せる以上に破壊してしまう。」

＊

神は、考えることのできる究極のものである。思索が生んだかなめのもの。その修了証。思索の不可思議を名ざす固有名詞。その不屈の姿。思索では神を認識できないと言われたとしても、たいした問題ではない。思索が神をやどしたのだから。作品が作者をしのぐように、神は人間をしのぐ。人間について、神は人間よりもよく知っている。

＊

「それでわたしはまるで信じているようにそのことを話すのさ。」

「そのことを話す……。そうだよ、それだけがわれわれに残されたことじゃないか。話の種としての神。神－対象。売りに出された神。玩具売場にだろうか。それとも高級下着売場かアルコール飲料コーナーか。神－遊歩道。神－商店。神の抒情的値下げ。神をつくり出したことばが神を世俗化する。そうだよ、それこそが作法だよ、賭けだ、昔からの争いをかたづけるうまいやり方だよ。書くには殉教者が必要なんだ。それに自分の横腹をつく槍もね。書かれたものは自分が血を流しているのを見るのが好きなんだよ。それでキリストたちを十字架に架ける。仕方ないんだ。

代理としてね。ふさわしい声で歌って空に達することができないからだよ。紙はそのことからは手を引いている。紙の手はまっ白だよ。」

＊

教会と駅が似ていることをこれほどはっきり感じたことはかつて一度もなかった。切符や讃美歌集を手にしてはいても、旅人や信者がこうした場所に足を運ぶのははっきりとした理由があってのことではない。そこで彼らは、謎かけにふけるのだ。彼らはそこに荷物や傘、あるいは帽子を持ちこんで空に見せる。

「さあこれがわたしたちの身のまわりのものです。みんなわたしたちの心とほとんど同じ形をしています。これがわたしたちの持てるものです、これがわたしたちです。わたしたちはそんなに遠くへは行きません、ホームからちょっと別のホームまで、あるいは祈禱台から木のベンチまで、わたしたち自身の重さからわたしたちを解き放ってくれる大いなる旅立ちを夢見ながら。」

＊

神の体は怪物である。それは巨大で海緑色をしているのではないだろうか。幾千年来そこには死者たちの魂が詰めこまれてきた。それは生きものの体ではない。絵に描かれた体でもない。地上には好ましくないので、彼はおのがミイラを銀河の果てに追いやるのだ。

＊

「神々とは、人間の踝にくくりつけられた重たい石だ。」

「神々は、頑丈な岩というよりもむしろ、あくせく働いたり年をへて老いたりすることのないかげろうのようなものとして不滅なのだ。それは一息で運び去り粉砕することもできる。その実体は触れることのできないエーテルだ。神々は、その極端なまでの不安定さ、はかなさそのものによって、永遠へとたどり着く。彼らはこの世に地歩を持たない。家もなく、脈うつ心臓もなく、彼らにふさわしかるべき魂も持たない。しかし彼らは、すべてのもの、すべての被造物を、その輝きのなかに包みこむ。それが引いてしまえば、われわれの顔が闇のなかにおき去りにされることになる、あの昼の光のように。」

＊

「貪婪な神々のなんと恐ろしいことか。」

「あなたの涙の音楽をお聞きなさい。それはあなたの裡にある海を語っています。そうして子供のように、あなたは泣きながら、自分自身からすこしだけ出てゆくのです。」

＊

「おまえは実在するおまえの豚に従うがいい。おれは存在しないおれの神々に従う。」

「大切なのは、神々が実在しないということだ。もしも実在するならば、あのすばらしくも寂しい教会や寺院は職業安定所になってしまうだろう。聖書は道徳論議に、十字架は航路標識に、聖職者は警官に、聖体パンは薬になってしまうだろう……。神よ、われわれが長くこの地上に孤独でいるようにしたまえ、あなたの不在がわれわれの苦痛となるほどに。姿を見せようという誘惑にうちかちたまえ。さもないと、あなたはみずからを決定的に失ってしまうだろう。」

＊

われわれは存在しないものをひどく必要とする。これほどの災厄がどこからやって来るのか、ことばでは知っている。われわれはそのことを、理解できるよりはるか以上に語ってしまう。そしてまた、ひとり悲しくあの怪物に向き合うのだ。

驚異の感覚（夢想）

ジュリアン・グラックのために

深海や大空のかなたと同様、ことばの薄暗い地殻の下にも、城や半島がある。文学の目的はそれらの「霊妙な探求」である。それは霊感にみちた地理学者、水脈占い師、あるいは塔の上で夜々、この上なく幸せな星々の結びつきを計算するブラネス神父のような天文学者の仕事である。詩人という「原初の徳」をもつ知者の最大の役割は、驚異を手つかずの状態にたもつことにある。彼は、世界をつつむ夜のなかで、美しい針の頭をひたすら数えつづける。手で触れることができないので、ボール紙の管をとおして観察し、その針に触れてすこしばかり血をにじませていることばにおいて列挙する。

語たちが言いあらわせなくなるところに驚異は成り立つ。神託に満ちあふれた洞窟のなか、ベルリーの泉が湧く岩のかたわら、エーヴルの隠された水源、太陽が雨のカーテンと出会うところに。こうした沈黙や輝きこそ驚異のことばの証しとなる。それを、彗星たちがきらめかせ、水晶たちが散りばめる。こうして欲望の析出物が驚異のことばのこの上ない幸運な配列を照らし出すのだ。あたかも祭の日に、あたりの光景や吸いこむ大気が幸福の実質そのものに思われるときのように。

語たちには愛という天職がある。語たちは愛のおおもとであり枝葉でもある。語たちがなければ愛は存在しないだろう。あるいはぎこちなくみずからにとまどい、名のりをあげられず、おし黙ったままであるだろう。間のぬけた帽子を膝にだいたあのシャルル、そして園亭のなかで死を前に眼を閉じ、口をあけ、「長い黒髪の房」に腕をこわばらせ、ひとり泣いているシャルルのように。

いかにわれわれのことばが驚異になついていても、驚異のほうではことばを疑っていて、いつも先回りをしてことばのずる賢さをとり押えようとする。ことばがすぐにも自恃をなくし、いかさまをしたり、気の弱さから、身もちのよくない人間や愚痴っぽい亡霊あるいは死に足もとをすくわれたあらゆる人間たちと通じようとすることが、驚異には耐えられないのだ。あらためて驚異の信頼にふさわしいものとなってその触合いをとり戻そうと、詩は力の限りをつくしている。何世紀ものあいだ、詩は望みもないまま美にとりいってきた。詩はあらゆる調べで歌い、さまざまな韻、リズム、イメージを試みる。韻文に、詩節に、短い抒情的散文に、あるいは群島の形に整えられる。服を替え髪形を変える。惜しむことなく贅をつくす。そして時には呻吟し、涙を流す。ところが詩はいつも自分を無視し寄せつけないものをこそたたえる。詩の願いはけがれを知らない。詩はその願いを風に、おしゃべりな葦に、電線にならぶ燕たちにゆだねる。詩はそれを花々の萼に、石に書きこむ。存在するすべてのものにそれを語る。そしてそれを言うために詩は存在しないものを考え出す。願望の逸話が口から口へとめぐってゆく。恋する者はそれをささやき、子供たちは夜寝るまえに暗唱し、老いた者はそれを思い出して眼の奥に涙をためる。

こうして驚異は、ことばが欲望と出会う想像上の地点に生きのび、和解に導かれる。そして詩人がオルペウスの行為をまねるときには、ことばは人の生に輝きをもたらす。エウリュディケーの肩に手をおきつづけそこに愛をたもつことができないがゆえに、オルペウスは竪琴の弦に触れる。驚嘆すべきこの者は指の先に「冠毛」をつむぎ出す。すると抒情の細い架け橋が世界中をめぐる。物たちはそこにみごとな秩序で配置され、人々は夢心地でそこをより高い国へと向かってゆく。彼らは静かに光のほうへと進んでゆく、ずっと以前、星がともる頃そうしたように。彼らはこの金の糸がどこまでのびているのか、そしてなぜこの道を歩きはじめたのか、知らない。しかし彼らは喜びを感じる。彼らの裡には単純で、あたかも眠っている子供が母親の肩に顔をすりつけるときのように穏やかさに満ちた「何ものかのための場所」が作り出される。歴史の厳しさを和らげ、愛に通じるほころびを開く何ものかのための。

それは神の来臨というようなことではないだろう。人間はもうそのような、自分たちの魂を自在にあやつる貪婪で眼に見えない存在とはかかわりはないのだから。あるいは地上の誰も、何かがやって来たことにさえ気がつかないのかもしれない。おそらくなにひとつ乱されるものもないのだろう。驚異はあまり大きな物音をたてない。それはふいにやって来る乙女。あらゆるものをじつによく見つめ、耳をすましあまりしゃべらず、きらびやかな飾りを好まず、むずかしい話は苦手だが、その唇は好もしく心臓はきちんと拍っている。彼女はお祖母さんのいない赤頭巾のモーナに似ている。この赤頭巾は、狼を寝床に入れてやり、そのあとで狼を連れて「いちばんすてきな回り道」を通って森のなかを抜けてゆくのだ。すれ違う者は彼女に、「青いくるみを持ったりす」、つかの間の楽園、「インクのしみのついた青いブラウス」、あるいは美しくよみがえった真の生活、といった印象を抱くだろう。その姿は、ひとり死を目の前にするとき、あるいは寝入るまぎわにふと、突然よみがえって来るだろう。あたかも水に落ちた船乗りが、死に踵を引っぱられているあいだも、船が去ってゆくのを見つづけるように、彼の生が沖へと去り、遠ざかってゆき、やがて手のとどかないところに行ってしまうのを認めるときに。そのとき彼は、愛こそが彼のまったき生活、適切な生活をなしていたことに思い至るだろう。――とらえそしてとらえられるがままにしていれば、すべては自分の場所に落ち着くのだった。あらゆることは欲望が決定し、行為は単純だった。芳香はふたたびかぐわしく、語たちからは煤の味が消えていた。口を開くたびに、それらは金のかけらのようにはじけ散るかと思われた。

　いつか彼は自分の魂を救うだろう。雨の下にじっと耐えたり、時計の音に不安を覚えたり、庭で花摘みに夢中になったりしながら、ずっと慣れ親しんできたいくつもの部屋を隅々まで探りまわることだろう。自分の愛の詳細にたち入り、それに軽やかな身支度をさせてやろうと、彼は愛にさまざまな名を与え、ものを書くことになるだろう。暗がりに手のひらをさし延べるように、そしてその手に導かれるように、あるいは、紙を四つにたたみ壜に入れて海に流すように、先は見えないが的確な手によって。そしておしゃべりをせず、自分の中にこもり、自分の思索の全体を占めるものだけを、雨の日の太陽が世界に作り出すうつろな場所にあるものだけを考えて、生きてゆこうと試みるだろう。彼は偉大なる透明さの兄弟になるだろう、その眼に見えない動悸が世界に愛の循環を保証するあの偉大なる透明さの兄弟に。

ちぎれた舌

I

いつ頃ものを書きはじめたのか、よく尋ねられる。それはお決まりの質問である。郊外のリセに、あるいは小さな町の書籍市に詩を朗読しにやって来た者になされる質問のひとつ。空席ばかりがめだつ食堂で、金髪の図書館司書や町の少女、あるいはその教師が、パリから来た詩人にそれを聞こうとおそるおそる手をあげると、わたしは決まって、「舌を切ってからです」と、答えたい誘惑にかられる。それはおおげさではあるが、嘘ではない。思えば、作家の伝記がこぞって作りあげようとする、あの伝説というものが望む誇張である。そしてまたそれは誰しものものでもある……。

たしか四歳か五歳だった。幼稚園に通っていたころのことで、わたしはなにか記号みたいなものを紙になぞり始めていた。じつに楽しいし真剣だったので、私は歯のあいだに舌をはさみ、椅子の上で体を揺すっていた……。そしてとうとう避けがたいことが起こった。ある日わたしはひっくり返ってしまったのだ。反射的に口がふさがれ、舌を深く傷つけてしまった。そして縫い合わさねばならなかった。その苦痛、とつぜんの幼年時代の転倒が、わたしに天職をもたらした。今では、そう信じてもらうことが気に入っている。

この事故から四年たって、わたしの最初の詩が生まれた。そのふたつの鮮やかな詩行は今でも覚えているが、そこには将来の作品の素質がただちに認められる。

「指物師の仕事台の上
夏の陽にかがやいて
……………………」

どんな釘だろう。どんなペンチだろうか。あるいは金槌かそれとものこぎりか。わたしは知らない。この二行がいかに取るに足らぬものであるにせよ、太陽の輝きを言うために初めてペンを手にしたのは好ましいことだ。憂鬱はのちにやって来た。

先生はわたしの早熟ぶりを好意的に、当時すでに詩的達成をとげて話題になっていたミヌー・ドゥルーエのそれに比べてくれた。しかしそれはわたしの自尊心をくすぐらなかった。わたしはすでに独自であろうとしていた。十五歳のとき、わたしは回想録をものした。三冊の帳面に、韻文と散文をまじえ、縁日の切符、美術館の入場券、教示と献辞をいただいた初聖体拝領証など、さまざまなコラージュと不器用なデッサンを添えたものだ。この貴重な著作は屋根裏部屋のどこかにしまってあり、ときどき目にすることがある。

青春期の始まりからあと、わたしはペンを手ばなしたことはない。以来ずっとものを書いている。告白、それこそ人が待ち望んでいるものではないか。生まれたときわたしは口に鉛筆をくわえ、母親の胎内とそこにひろがる群青色の空をたたえる詩節をひねっていた。

しかしここに来てわたしは、自分の天職を遠い幼年時代の事故によって説明しようと思うようになった。こうした風変わりな考えをいだいたのはおそらく、書くことにつきまとう虚栄、技巧におぼれた文章、気どった接続法半過去、あやしげなイメージの売込みといったことに気づいたからだろう。あるいは逆に、わたし自身の拠って立つ形象を手に入れようとして、かえって書くことの幻想にもてあそばれてしまったからかもしれない……。たくさんの紙束を黒くぬりつぶし、何冊もの本を書いて初めて、人が作家と呼ぶ、このすこし猫背で入り組んだ痛々しい体を窮屈に感じるようになった。

舌を切ってしまったのでわたしは書く。面と向かってあなたを愛しているとは言えないので。あなたには聞こえないのだから、これからは舌のなかで、そのまん中あたりで、わたしは愛のことばをつぶやく。

家や私財を押収されるように、舌をちぎられたのでわたしは書く。オルペウスはエウリュディケーを連れもどそうとする。そして同じ不可能な行為が紙のうえでくり返される。愛する者はいとしい者の肩の上に手をおく。しかし彼はあまりに早くふり返ったので、彼女は永久に消えてしまう。ナポリでリルケがその浮彫り彫刻にじっと見いり、第二の悲歌に歌った、悲しくも純粋なしぐさ。

これが伝説である。

文学とはすべて、一度はちぎれ、忍耐強く縫い合わされた舌の歌である。そのもっとも美しいページは、われわれの眼のまえで、傷ついた肉の繊維をよみがえらせ、その筋肉はあたかもその最初の動きをしるすかのように見える。しかし作家は自分の仕事がごまかしであることを知っている。彼には黒い糸で縫った痕や、傷をなおすために体にあけた穴が見えている。彼には、舌の組織が二度と望ましいしなやかさをとり戻さないこと、修辞の花は決して匂いたたないことがわかっている。それでもことばを世界ととり違えてしまい、自分には幻しか捉えることができないと嘆くのだ。

わたしは紙をかきこすり、そこでことばは殉死する。ことばは自分の物語をひどく苦しみながらつむぐ。癩病院や牢屋の格子の向こうで気のふれた老婆の顔がよじれるように。沈黙に顔をゆがませる、書くとはそういうことなのだ。

しかしそれによってのみわたしは驚異に近づくことができる。それだけがわたしを知り、わたしに話しかけ語りかけることができる。わたし自身よくわかってもいないわたしの人生について、ほかの人々に語っているのが聞こえてくる。その口はわたしの裡にあって、きつい化粧をした女の唇であったり、また、ちょうど心臓のあたりにある、癒着しようとしない小さな傷口であったりする。かつて書くことを覚えはじめた小さな子供の舌に切り傷があったように。
人にはそれぞれ、抒情的な傷、「癒えることのない聖痕」がある。

怪我をしたあの子供のためにわたしは今日白い紙を花束にあつらえようと思う。念入りに紙を黒くうずめるよりも、簡潔な散文を寄せ集めるほうが、わたしの好みに合っている。献身のことばは断片的である。

ペンを手にするたびにわたしは、いっときわたしからことばを奪った代わりに、書くという贈りものをくれた昔の出来事をくり返す。わたしは裂いては縫い合わせる。ペン先がきしみ、手がためらう、あたかも顔の上におかれているかのように。わたしはわたしの少年時代の頬に触れる。そこには遅ればせの涙がこぼれている。

語たちは愛しか語ることができない。気を失い、顔を赤らめ、突然あおざめ、ことばを語っては失う。こうして情熱が語たちを動かしひき止める。それは無口な心臓があげるしぶき。すこしばかり文をつづれば、それでわたしは肩におった雪をはらい、ふたたび愛をはじめることができる。わたしは幻をもたらすものを大切にする。

傷ついた舌は血を流さない。その財である愛の情熱を歌う。切り落とされたオルペウスの頭がヘブロス河の黒い渦のなかでなお、エウリュディケーの名を呼びつづけたように。

II

日々、わたしはわたし自身のものである方へと向かってゆく。わたしの人生は死への一方通行路である。あなたがたの人生と同じだ、道を引き返すことはないと知っている親愛な人々よ……。光沢のある木の蓋、黒い穴、ひとかたまりの肉あるいは火葬ののちの黙した灰の山。こうした無を懸命に想像してわたしは、わたしを呆然と萎えさせてしまう無意味さからのがれようとする。

川が水源から河口へとひたすら流れるように、命は世界を豊かにしながら死へと向かう……。このイメージはほっとさせてくれないだろうか。その腐食土はわれわれにはすっかりおなじみのものだ。くり返しやって来る夜や季節にしたがうように、われわれはそれを受け入れる。さあ、それを掘りかえし捏ねよう、そのなかに手を腕を浸そう。河口がふたたび水源となる魔法のために。われわれがつき進んでゆく死はわれわれの誕生でもある。それは、まじめで熱狂的なわれわれの蜜蜂魂を生み出す。信ずる者たちは「真の生活」は死ののちに始まると言う。彼らはまちがっていない。すべてはそこから流れ出す。空虚にとらえられて、人は動物や植物、貝の状態をのがれる。彼なしでは意味のないものに意味を与えて生きてゆこうと、見える世界の蜜を集める。石を切り出す者、山羊の群れを育てる者、いんげんの種をまく者、道を開く者、教会を建てる者、埃のなかを転げまわる者。彼は同胞に戦いをいどんだり、愛の手紙を書いたりする。歌っては、息をつく。その狂熱は増大する。人間はみな、自分のリズムに従うすばらしい惨事なのだ。

自分自身の終局に向かうにあたって、世界をできるだけたくさん行李に詰めこんでゆこうと、わたしは書くことを選んだ。まだ猶予を与えられているなるべく多くの生きものたちを。とりわけたくさんの顔を。その飾り気のなさがわたしには好もしい。滅びるものすべてにわたしは無関心ではいられない。紙のうえで語たちが死に向かって急ぐこともわたしは好きだ。彼らは死にさからわない、彼らは死と結ばれる。彼らは運び、運び去られる、見捨て、見捨てられる……。人がこの世へといいたる部屋で、愛し書くことがすこしだけ、消えてゆくことに慣れさせてくれる。それは、われわれにふさわしい神のない教会を建てる。

Ⅲ

書くことで人は死ぬことに慣れるようになるのだろうか。だとすればそれは、わたし自身のあらゆる行為のなかでも望ましいものとなろう。夜あるいは日曜日、部屋の中で、人々の生活が遠のき、深い孤独が訪れると、わたしはそれに没頭する。ことばの中でわたしは経帷子を織り、花輪を編み、わたし自身の墓という考えのほとりに立って感動的な演説をする……。こうしてわたしは荘厳な儀式をとり行う。細長い仕事机は西洋実桜製。ときおりわたしは自分の棺の蓋にじかに書いているのではないかと思ってしまう。書きあげた文章を朗唱するのはわたし自身のためにではなく、光沢のある板の下でじきにわたしがなるところの者、ただひとりそれを聞くことを心得ている者のためだ……。

　これはまたなんとうぬぼれた、愚かしくもおぞましい心象だろう。大げさなことばに囲まれて、わたしの紙の声はしわくちゃになる。それは舌の上でためらう。震え、おびえる。インクの夜闇は耳が遠い。わたしはそこに這いつくばり、軋るトロッコを押す。

Ⅳ

わたしのペンでは登場人物はひとりたりと肉づけされることがない。それがわたしにはつらい。もしも誰かがわたしのかたわらで、あるいはわたしに代わって冒険をしてくれれば、たとえその者が不意の出来事におそわれ、わたし自身多少とも恐れていたような箇所で死んでしまうことになっても、わたしはことばの中でもうすこし孤独や欠落を感じずにすむだろう。もしも夢の中で、この架空の友のインクの体にわたしの血を何リットルかわけてやれたら、わたしの心臓がわたし自身を息づまらせることも少なくなるにちがいない。日頃の動作さえもっと自由になるだろう。そして時とあれば声をしっかりあげることもできるだろう。

しかしどのようにして生きた体をことばで捏ねるのか。どのようにして影のようなインクの口に息を吹きかけ、それが話しはじめるようにしてやれるのか。わたしにはおぼろな内服霊しかやどせず、彼らに好きなように自分の道を行かせてやることができない。その輪郭を下書きしはじめるやもう、わたしはその結び目をほどいてやらねばならなくなってしまう。この空想の魂のかけらをつなぎ合わせているたぐい稀な糸を、わたしはいらいらと断ち切る。これなら悪くはない、という名が浮かばないのだ。

わたしが書いたページは一枚一枚わたしからはがれ落ちてゆく。赤や黒で日付けが大きく印刷され、風変わりな名前や月の満ち欠け、忘れられたことわざや料理の作り方、そして死を遠ざけておくための忠言が書きこまれた日暦が、一枚また一枚とはがされてゆくように。

いくつかあるゆえ不完全な……

まだ物音ひとつせず、動きも意志も感じられず、地上にはまだ苦しみのための余地もなく、藪におおわれた静かな園にま新しい一日の霧がかかり、そこかしこに塗料や漆喰、材木の匂いがただよい、空にはまだ鋳ひとつなく、昼と夜とがまったく等しい最初の一日、突き出してよく響く絶壁のもと、海がたどたどしく波をつづり、魚をアルファベット順に分類し、一方でおしゃべりな鳥たちが木々を飛びまわり、身を落ち着けるためにいちばんきれいな枝を探していたとき、まだ煙草もスープも匂わない台所や客間に時は打たず、悪魔たちはまだ巣窟を出ず、泉のほとりでは神々が何やら難しい会話を交わし、夢も見ずに昼寝をする男のかたわらで女が花と開いて早くも謎をたたえていたとき、まだほんのわずかの時間も経過せず、死んだ者もなく、したがって灰も塵も、思い出もなく、こうしたことすべてがそのまま永遠に続くと信じることもできたとき、その時すでにことばたちが待ち伏せをしていた。そして、消え去るべく定められ、なおそのことを知らぬ者たちに大きな恩をほどこそうと、機会をうかがっていた。

ことばたちは男の上に影を投げかけ、口に息を吹きかけて起こすと言った。
「われわれはこの世界の創造者だ。だからおまえのすべてを知っている。定めに従ってわれわれを讃えるなら、おまえに知恵と美を授けよう。見えるもの見えないもの、すべてにおまえが正しい名を与え、われわれに感謝をささげるならば、すべてはおまえに従うものとなるだろう。

　おまえは世界にたいして支配権のようなものを行使するだろう。学校や図書館を建て、子供に洗礼をほどこし、読み書きを教えるだろう。そしてもっとも弁舌たくみな者たちを同族の最上の者に選ぶだろう。おまえが感じる苦しみや喜びはすべてわれわれに任すのだ。おまえは愛する者に手紙を書くだろう。そしていつか部屋の中で裸になり、そのそばで女が今にも悲鳴をあげて気絶しそうになったときには、愛のことばを語るがいい。おまえは死ぬまで、おまえの口と思索の中にわれわれをたもち続けるのだ。そして墓のほとりでは、おまえの仲間が残されたものたちに、われわれの不滅の栄光をくり返すだろう。」


　さてこのすなおな男がペンと紙をとり、熱心に記号をなぞりはじめると、世界中の時計がいっせいに動きはじめた。木々の上で鳥たちはおし黙り、葉が風に舞いはじめた。

　男は静けさのなかで何やらこちこち響いている音に耳を傾けたが、それが何を意味するのかわからなかった。そしてもっと孤独と静寂に浸ろうと部屋の中に閉じこもった。

　彼は愛の歌声をあげた。愛することかなわぬ美しい女たちに向けて、吸いこむことのできない花々の香ぐわしさ、渡ることのできない海に向かって、そして、もう彼自身そうではない快活な子供のために。

　あらゆるものをその死の相のもとにとらえると、彼は、もはや何ものでもない自分を慰めるために、いたるところに無限を書きしるした。

「いくつかあるゆえ不完全な」

完全な言語というものはない。それは集団や歴史に依存し、それぞれが固有の、それを語る者たちの世界と密接にかかわる文法を持っている。だから、こうした相対性や不完全性を忘れたふりでもしないかぎり、作家は今ある自分をそのまま認めることはできないだろう。彼はことばというものについて、そしてそれに対して抱いている感情について好んで語るが、そのとき用いているのは無論、彼が書く言語、彼の誕生を見とどけた言語、今でも彼が一日一日と日々を見つめている言語、そしてかつてプレイヤード派が若いフランス語をギリシャ語やラテン語の高みにまでかかげようとして顕揚し擁護したように、彼自身が顕揚し擁護する言語である。彼はしかし、ことばがどの程度自分に独自性をもたらしてくれるか、またどの程度存在の欠如を埋め合わせてくれるかに応じて、ことばに価値を与えることになる。

こうして物書きは自分の言語ではなく、ことばというものについて語りながら、見かけの永遠の中に不法侵入し、腰を落ち着けるのである。彼は自分のあやうげな状態にあらがう。秩序と実質、そして安定と見晴らしとを求める。自分が書くその地平と統括範囲、そしてその素材と縄張りとに一挙に名を与え、自分の仕事の総体を語り、あるいは暗示する。そしてこの全体性の中に、自分があるひとつの歴史、ひとつの文化に属しているという事実を押しこんでしまう。彼の用いる語法がほかの語法と異なっていることも、もはやその不完全さの印ではなく、なじみ深いと同時にとらえがたい特徴が均衡した状態とみなされる。ことばは彼の守護霊だ——彼はそれをあがめ、そして待ち望む。この関係に彼の独自性はしるされる。自分を測り出すはずのことばの中で彼は、自分の体よりも頑丈で異様な体を手に入れたように感じ、その力量を発揮することになる。

＊

見習い

誰にとっても、ことばはまず習い覚えるものだ。「宝石《ビジュー》、小石《カイユー》、キャベツ《シュー》、膝《ジュヌー》……」、小学校で子供たちはことばのまわりに集まる。そしてまちがえたり、なおしたりしながら、知るという大きな過程を教えこまれる。

お互いに知り合いではなくともその住民たちの話が全体として協和している集合住宅、ことばとはそういうものである。「パン《ル・パン》、葡萄酒《ル・ヴァン》」という語を発音する者は、心の中にただちに「存在どうしのある種の本質的な連関」（イヴ・ボンヌフォワ）を呼び覚ます。聖体拝領という語を使わないのに、それを思い起こすのだ。このことは、存在はことばの中にあるということのひとつの証しである。単語には、辞書では説明しつくせない意味の連なり、そして個としての色合いがある。『遊びの規則』の中でミシェル・レリスは、あることばがあれこれのもの、あるいはまわりの様子と密接に結びつき、そこに浮かぶイメージがその結びつきに支配されてしまい、まちがえて聞くか覚えるかしてしまったことばというものがあって、そうしたことばが子供だった頃ずっと彼にとって独特の意味を持っていたことを、こと細かに注意深く語っている。彼の自伝的試みのおおもとには、ある種の「言語現象」の観察がある。

＊

存在の環境

ことばは、知っている語や知らない語からなる目録にまとめることはできない。誰ひとりそのすべてを所有することはできない。人間はことばの中で、ことばとともに形づくられ、活動する。ことばは人間の環境界である。思考や感性、有限性は、人が自分より大きなものと触れあうときに「息をつく」。ことばによって人は存在に到達する。彼は有限性を拠り所としてみずからに存在を問う。そして作家となると、彼はことばの内側に身をおいて特異なことを行う――体をつっぱってことばを押しやり、自分の背丈を伸ばすのだ。それが、書くと呼ばれることなのである。

＊

著者の手

書くことはひとつの技術、作法である。仕事の時間と空間であり、それは文章を作り出す。一枚の原稿ほどその労苦をきざんだものはない。そこには著者の手が、そして著者の欲求と想像力、思考がうごめいているのが見てとれる。そうしたものを人はそこで即物的に感じとる。人はそこで著者の悔恨、逡巡に出会う。そこには詩的なものの層が、ほとんど無にまで薄くはがされていたり、逆にうず高く重ねられていたりする。「書《エクリチュール》」ということばは、文学の不安定な生身の部分を表す。語源もそれを示している。インド・ヨーロッパ語の語根 sker（かき削る、切り込みを入れる）、ラテン語の scribere, scriptus（文字を書きつける）、あるいは刻印、溝、乱切、刻文という概念は、苦しみの固着、不安の痕跡……を物語る。書くこと、それはぎしぎし音を立てる。書くことのなかには荒々しさがある――ことばに、あるいは自分に、あるいは世界に向けられた荒々しさが。紙の上にならんでゆく文は語られないものの静けさから身をふりほどいてゆく。ペンをとる者は、ことばに手を加え、おのが屈折をそこにきざむことでやすらぎ、自分をととのえる。彼は自分の体の震えをことばに変換する。

*

不確かさとあやうさ

大文字複数の Ecritures（聖書）は信仰の基礎となった律法の板を思い出させる。単数小文字の écriture（書くこと）はその不確かな性格を白日のもとにさらす。書くことの本来の姿をわれわれが認めるのは、それが以前からあったいかなるイデオロギーや道徳、思考にも拘泥せず、まさにその宗教や道徳、あるいはイデオロギーが基礎づけたことを考えなおそうと、大胆な本性をあらわすときである。神ののちのことばとして、「書くこと」は作家を向こう見ずなあやうい状態へと駆る。しかしそれは彼を焦がす精神的な傷痕に名を与えてもくれる。書くことは言《ことば》へと向かう。

＊

いかなる花束にもない花

詩が語る言《ことば》とはまさしくその詩が聞かせる事柄であり、それが述べるのは、その詩が初めてもたらす未聞の事柄である。その言《ことば》はいろいろなリズムやイメージ、そしてさまざまな形象を割りふりし、世界に動きをとり戻す。それは新しい札を課したり勧めたりする。とりわけあの、「花」という語が告げ、詩がその実在を追い求めることになる花の想念のような、「純粋観念」の出現をたたえる。地上には薔薇や椿、チューリップ、躑躅が存在するが、ことばの中には花の不思議が開く。ことばによってしか摘みとることができない花、けっして色褪せず、そのそばに詩が呼び寄せたほかの語たちと合わされて初めて花束となる花が。

こうした言《ことば》によって、人は自然や社会のおしゃべりから身をひき、無言の物たちに向き合い、さらにはその物たちそれぞれのために小さな墓を作り、そこに物たちの観念や香りを納めることになる。耳の遠い者、死者、不在の者の耳に詩は語りかける。献身的な行為として、抒情的な文章はおのずから献呈の形をとる。誰に対してであれ、もっともふさわしい贈与をなす。

＊

詩のことば

ある文の詩としての質は、それが読者に許す自由の幅、そして読者のうちに呼び起こすこだまの数におおよそ比例する。たとえ照応とリズムによってたがいに堅くつながれていても、詩のことばはそれほどしっかりしたものではない。それは沈黙という脈石からまだ完全にははずされていない縁《へり》のことばであり、まだこれから生まれ、人々の中ではぐくまれ育つように定められている。「知りそめたばかりのもの」を示すにふさわしく、それは読者の意識の中でかすかに開き、薄明りに照らし出される。

ことばの才能にめぐまれた者だけが、あらゆるものをその輝きのもとにえがき出し、秩序正しく配置することができる。

ことばは天体であり、地上に存在するものたちの尺度である。それらのものたちに名を与えることができるのはことばだけである。

人が知らずにいるもの、あるいはまだわずかにしか知っていないもの、すべてが現れ出、不滅なものになろうとして、呼ばれるのを待っている。

語たちは光や水を濾過する。死者たちの閉ざされた瞼に今なお注ぐ光、そしてその骨にしみわたってゆく水……。語たちは人間の灰を浸し、それを土に混ぜ合わせる。

語たちは、死ぬことなどまだ誰も習えようはずもない小学校の門で、祈りを配る。

わたしは探し求めつづけるだろう。扉を叩きつづけるだろう。わたしたちにはまだなすべき何かがある。おそらくは信ずべき何か、それとも創り出すべき何かがある。もはや苦しみのうちにあるものの光のもとでしかないとしても。これらの語たちがすべて埃となって飛び散ってしまってはならない。そうすれば世界もいっしょに飛び去ってしまうだろう。わたしは光の形をとどめるような適切な声で語ることを試みよう。

詩的霊感について

霊感。この語そのものから始めよう。胸か頭の中のあの空気の呼びかけ。あの拡張、あの膨脹。ことばを深く吸い込むことですっかり満ちあふれることができるという考え。ことばこそわれわれの酸素あるいは窒素だという。ことばのおかげで世界は息をつけるのだという。ことばは与圧されて待ちかまえているという。ことばは息を押さえつけ、そのまま息を切らせたりあるいはつがせたりするという考え……。書くことは走ることだ。そこには何かさし迫ったもの、あわただしいもの、たかぶったものがある。息をつぐのがやっとという者もあれば、運動選手のような肺を持つ者もいる。ペンやインク壺の大きさや形は、肩幅や顔つきのようにさまざまである。アンリ・ミショーの心臓は鶏の体の中でうち、ルネ・シャールの心臓は運送屋の胸の中で鳴る。その組織の強さと浸透性は体形に依存する。霊感——人はそれぞれ自分にふさわしいリズムで血液に酸素を補給する。

*

霊感を信じるのは素朴にすぎよう。髭をはやした善き神や赤いマント姿のサンタ・クロース、教会の壁にかけられた絵、ありそうもない真の生活や、美しい詩句を作り出すよき想いを信じると同様に……。それでもそれに思いをいたすことは許されよう。金はかからない。それによって人は謙虚になり、愚をおかさずにすむ。もとのうつろな空に戻してやるのだ。美は誰にも何ひとつ負わない。

＊

わたしは秘薬を煎じた葡萄酒は飲まない。メスカリンもウバタマもハシッシュもサイロシビンもＬＳＤ25も用いない。注射もしないし何かを嗅いだりもしない。わたしは辞書を読む。わたしはヴェルサイユ行きの電車に乗る。夏は朝早く、まだ人気のない舗道で緑色の作業服を着たコンゴ人の掃除夫たちが奇妙な撒水機を使ってアスファルトの瘴気や紙屑を洗い流すころ、パリの道を散歩する。わたしは美しい女たちを見つめる。バスやカフェでは、同類の者たちの会話に耳をすます。わたしは自分の家かホテル（そこは壁が薄い）で眠る。音楽を聞き、花を買い求める。わたしは定めない自分のままであろうと努める。

＊

書くときには、わたしは感情よりも神経にいっそうの信頼をおく。わたしは竪琴ではなく、万年筆を握る。胸をたたくのではなく頭をしぼり、そして思いをめぐらす。野原を歩きまわらずにずっと部屋の中にいる。星を読むのではなく本を読む。詩女神たちは呼び出さず、すれちがった女や舗道を思い出す。

「人間の手と口でもって天を翔けようとする者は長いこと部屋の中にとどまっていなければならない。そしてのちの世代の記憶の中に生きようと願う者は、自分の裡ではもはや死んだ者のようになって、幾度も幾度も汗し震え、われらが宮廷詩人が気ままに飲みかつ食べ、そして眠るあいだも、飢えかつ渇き、長い徹夜をしのばねばならない。」（ジョアシャン・デュ・ベレー）

＊

インクは人が呼吸する空気ではない。何度も書き直されたページは羊飼いの娘の口からもれる美しい歌ではない。今日その群れが向かうのは屠殺場だ。もう久しい以前から、ものを書く人間は閉ざされた場所にひとりとどまっている。その振舞いは単純だが奇妙なものだ。

「詩人とは部屋の片隅で紙の上に記号をしるし、とどのつまり、ほんのわずかの友人たちの賞讃しか求めようとしない人物である。」（ステファヌ・マラルメ）

＊

ほかの人々が眠ったり抱きあったりした家の一室が、以来壁に本をめぐらされ、わたしの隠れ処となっている。この場所でひとりわたしはインクと愛との婚礼の儀をとり行う。この仕事はわたしを困憊させまた高揚もさせる。窓の外に眼をやると、世界とひとつになることをひたすらに望むやすでにわたしは世間からは消えているのだと、たちまち思いいたる。

＊

それはかならず儀式をともなうだろう。鎧戸を閉ざして締めきった部屋の中の金ペン、あるいは喫茶店か教会の中でポケットから取り出した方眼ノートと鉛筆。半分ほどうまったページからときおり霊感がたち揚がり、自分の機嫌や表情を気にしているように思われることが、わたしにはある。文章は、速さや見かけばかりでなく、その足どりもまた大切なのだ。詩女神《ミューズ》たちは紙のあいだで待っている。かつては泉のほとりのオリーヴの葉かげで待っていたように。あるいはとある神が万年筆の吸入軸の中に眠っているかもしれない。わたしの頭の芯で、時計は止まった。わたしは自分の心臓のことを思っている。わたしは沈黙をしるす終身書記だ。

＊

霊感、そう、わたしは思い出す。それは乙女たちが恋をし、遠くに愛の叫びが響き、隠し持った手帖には青インクがすらすら流れてたちまち詩があふれた出た頃のこと……。

夏休みがやって来るとわたしたちは野原で隠れんぼうをした。すこし日に焼けた草にはもう火の匂いがまとわっていた。わたしたちは森のほとりで桑の実を拾った。過ぎ去ってゆく日を数えることなどなかった。それに何度、帳面にハートの印を書いては石の下に滑りこませたかも。わたしたちの前にはたくさんの時間があった。なにひとつ恐れもせずすこしだけ愛し合っている真似をした……。しかしそんな風に他愛のない甘い水をむさぼるように飲んだのも、すでに誰かが、幼いわたしたちの奥底で、そんなに呑気にしていられるのもあとわずかのことだよ、と呟いていたからなのかもしれない。

＊

それは、なによりもまず、欠けているものを語る。自然の中にあってわれわれに欠けているもの、つまり確信とか愛。わたしは欠如のゆえに霊感を呼び出す。

「霊感については、われわれはその頓挫しか予測できず、先を失ったその八つ当たりを知るのみ

である。」（モーリス・ブランショ）

＊

不能――作家ではなく、性科学者の馬鹿げたことば。書くこと、その前にも後ろにも不可能がひかえている。それは要するに書くということの環境、そして条件である。書くとはいさぎよく非力を受け入れることである。勝ち取れるのは失われたことばだけ。それらは日々の生活から忘れられ、締め出されてはいるが、いつかまた勢いを取り戻すだろう。言語をきしませ、統辞の骨組と思考の関節をはずし取るだろう。自失にも似た、この混沌とした悦び。「作家」という奇妙な地雷原がおのずと立ち会う、この四方八方への噴出。

＊

霊感とは最初、詩人や医者のことばではなく、教会のことばだった。それはまだ神との関係を片づけていない。もう長いこと負債をおったままである。

＊

それは完璧である。詩女神《ミューズ》の神聖な心に鼓舞された魂はあらゆるものにうち克つ。神によって任ぜられたその魂は、「低い、地上的ないかなるものにも穢されたりうち負かされたりせず、逆にそうしたものすべての粗野をうち破り、踏み越えてゆく。」（ポンテュス・ド・ティヤール）

それはことばである前に息である。熱狂とは古代人によれば、人間の胸の中で窮屈になった神のせわしない息づかいを意味した。今日ではそれは、あえぎ、息切れである。

それは動きであり、スピードだ。思考はそれに追いつけない。それを追って、思考は息をつまらせ倒れるか、その足跡を眼に苦笑いするしかない。

それは循環である。「循環のあるところにはただちに抒情が生まれる。血ほど抒情的なものはない。」（ジョルジュ・ペロー）

それは貪婪である。たくさんのエネルギーやことばを消費する。生きた肉を喰らい、残るのは山と積まれた白い骨だけ。

それは移り気だが、勤勉でもある。花から花へうなり飛び、その道すがら蜜のための花粉を集める蜜蜂のように。

それは化け物めいている。あのアルデンヌ県出身の若者が自分の顔に植えつけようとしたいぼみたいだ。田舎の浮浪児を怪物にしたてあげる。

*

霊感は呼吸であり、書くことは行為である。一方は息をつぎ息をのみ、一方は息をこらえ書きなぐる。一方は動き、のがれ、軽やかで、ほとばしり、とらえがたく、一方は固定し、石化させ、かき削り、終始ことばになりたいと願っているまさにそのものに不可解な沈黙を強いる。霊感は神聖な炎であり、書くことは俗世の氷である。霊感はスピードであり、書くことは遅滞である。霊感は欲望にしたがい、書くことはその苦行にしたがう。

霊感よりもはるかに、書くことは苦しむ。それは苦しみのなかにとどまる。書くとはことばが苦しむことだ。それは困難によって引き起こされ、困難であり続ける。書くことは、いかに霊感がそれを崇高なものにしようと望んでも、有限でかたよった、恣意的な記号にあくまで依存し、人間的なものにとどまる。
それでも、語たちがぶつかり合ってめぐり動くうちには、いつしか風もやみ、燠がふたたび赤くなる。

*

詩人だろうか技術屋だろうか。このような問いはありえない。かつて問われたこともない。詩は時計造りにも神秘にも帰せられない。香辛料配合にも恍惚にも。神々にも実験室にも。行末欠節四詩脚にもわたしの感動にも。詩は対話である。被造物と同様に。自分自身との、そしてほかのすべてのものとの対話。対話であり回路である。

句読法礼讃

書くことは句読法の問題である、なぜなら書くことは苦しみなのだから。夢見る心や歌う声は句読点を知らない。知っているのは沈黙や間、抑揚、焦燥、調べ、忘却、律動《リズム》であり、こうしたものの揺れを体は苦もなく受け入れる。

だから自分の詩句は身肉であり息であると主張する詩人は、句読法にいらだちを覚える。クローデルは裁きをくだす、点（、）や丸（。）は「粗雑な、たんに論理的な文の組立てしか」与えないと。ヴァレリーは明言する、「われわれの句読法には欠陥がある」、というのも「それは音声学的かつ意味論的でありながら、そのどちらにおいても不十分である」からと。詩節、韻、句切れ、自由律、つらねられた語群といったものはすべて、書くという行為がもつ宿命、ことばの実体を見定めそこに穴をうがつという宿命を、おおい隠そうとする試みである。

＊

したがってここでわたしは、殉教者が自分をささえる十字架や彼を打ちすえる鞭をたたえるように、句読法を礼讃しようと思う。

点（、）とは、静かに上品な仕方でいらだたせ傷つける小さな鞭であるが、区切り法とか種々の活字記号とはそもそもすべてそうしたものであって、これがなければ、われわれの文体は、形の定まらないどこも同じ練り粉になってしまうだろう。

わたしは疑問符（?）の小さな鉤が好きだ。それは沈黙と不安と無知とで、ことばを宙吊りにする。

おお、わたしは感嘆符（!）のぴんと立った指を崇拝する。それは無限を求めて、ことばをそのふさわしい境界へとふり落とす。流れ星さながらに……。

クローデルが恐怖を覚えたのとは反対に、わたしは省略符に愛着を覚える。それは文の羞恥であり、自分が大きく普遍的な総合文のあわれな断片にすぎないことを受け入れる印なのだ……。

みたび無をくり返すみっつの点（…）、その他、その他。

*

こうしてわたしは可能点や不可能点をつけることが好きだ。岸に近づく船乗りのように、わたしは、次々と海標を見きわめ、潮の偏流を計算し、ことばの中にわたしの道をつけてゆく。

わたしには四つの方位基点や水準原点、照準点、落下点、出発点、到着点、それにたくさんの弱点が要る。書くとは死の黒点を定めんとして盲滅法になることである。

＊

句読法は物書きの礼節である。それは、彼が読者に負っている礼節ではなく、書くことより一段高みに立って見おろしている名状しがたいものに向けられた礼節である。

わたしは沈黙に敬意をはらわねばならない。そのことはわたしよりも沈黙のほうがよく知っている。沈黙はわたしに、愛のことばをいくつか、括弧か鉤括弧の中に人知れず忍ばせるくらいは、許してくれる。

そしてわたしにとってもっとも大切な事がらは、引用符にはさんで記さねばならない。それらはわたしの所有物ではない。そしてわたしは何者でもない。わたしの頭は本がたてる物音でざわめいている。愛と死は音にはならない。

＊

書かれたページはしばしば、地雷原に近づいたり捕虜収容所の出入りを禁ずる鉄条網に似てくる。句読記号はそこでは、禁令や障害物のようにふえてゆく。それらは、わたしたちの欲望がなんとか生きのびようとしている場所をとり囲んでいる。

自由をとり戻すために、ある者たちは自分の命運をさいころに賭ける。彼らは大慌てでことばの下に地下道を掘り、その暗闇の中にのり出し、シャベルかナイフのようにペンを使い、沈黙にその胸のものを吐き出させる。こうした一徹の者たちはつかまると銃殺される。

細心な受刑者もいて、彼らは看守と取決めをむすび、咽喉の中で文体をみがき、その場を耐え忍び、汗し、太陽に向かって大きくはばたく鷲を夢みる。もう長いこと彼らは早くから床につき、もはや自分が訪れることのない世界がいとなまれる文章を果てしなく綴っている。猫かぶりで沈着なゆえ、彼らが好む句読記号はセミコロンである。

わたしは脱走などしない部類に属する。わたしは古い時代の書物しか読むことができなかった。それ以外のものはわたしを怖じ気づかせる。

＊

句読点のない文章は、自分の脂肪で動きがとれずに息づまり、厚くふくれたことばを紙の上にくり出す。

いくつかの点（、）、いくつかの丸（。）があれば、この脂肪質の塊は靱帯や関節をとり戻すだろう。それは起き上がり歩き出す、紗のようなものをまとい、軽やかに気品をもって。

ほの見せることによって、句読法はことばを官能的に、人間的にする。それがなければ、文字記号は性格を欠く。句読法は文字記号に心理学ばかりか、気質まで付与する。それらは不安であったり騒がしかったり、偽善的であったり、決然としていたり、穏やかであったりむら気であったりする。それらはニュアンスを与え、ほのめかし、主張し、あるいは言い過ぎないよう慎しんだりする。そして思慮も意図も備えている。しかしありあまる善意が、文字記号に自立することを禁ずる。自分を認めてもらうためには、語の陰に身をひそめねばならない。彼らは語の周囲を、巣の近くにいる蜜蜂の群れのように、飛びまわる。そして彼らが身を落着けるまさにその時、書くことが始まる。

息吹きの誕生

クリスティアン・ガルデールのために

白い地の上の白い四角形よりさらに先に、絵画は何を望むべきなのか。この問いはこれからもなお問われつづけるだろう。それは美術史というよりも美術の本質にかかわる。（多少とも共通点のある）幾人か、たとえばビシエール、ヴィエラ・ダ・シルヴァ、タル・コアト、バゼーヌ、セーレル、あるいはガルデールなら答えることができるだろう。限られた空間の一断片が求めてくるものを内面化し、さらに分解して粒子の状態にまで還元したのち、それをなんらかの強い情動にゆだね、こうして分解された空間が自らうち消して来た色彩を再びとり戻すよう心を配ること。抽象画の絶対主義における形式的零点はそのとき無限に転ずる。絵画はそのぎりぎりのところに定着し、姿をあらわす。そしてスフィンクスの前に立ったオイディプスのように、画布が自分の生まれや本性についての究極の問いを投げかけてくるのに対し、絵筆は答えなければならない。

＊

ガルデールは題材について研究することが好きだ。明らかに抽象の冒険家たちよりもシャルダンのほうが彼の心を占めている。しかし彼の仕事のおおもとには絵画の問題にたいする鋭い自覚があって、古典的な技法の求めに、純粋な空間という現代的な意識を密接にかかわらせる。

「抽象的」でも「具象的」でもなく、彼の絵画はつねに澄まされた視覚、見えないものや表わしようのないものを追う視点を課する。

彼が描こうとするのは、たとえば海に航跡をえがいてゆく船とか港にやすらっている船というものではなく、ざわめきや香りを持った全体としての海そのもの、あるいは水がきらめいているその律動、水平線のとある一角、灰色が極まって青となり色彩が無視されるような場であり、さらに言えばこうしたすべてを目に認めて平和な喜びにひたっている船乗りのまなざしといえばより近いのかもしれない……。彼の作品は、絵を拒みつつしかも絵を成り立たせるもの、つまり絵画の本質そのものへの関心をまさにその主題とする。そして執拗な忍耐力で、倦むことなくその試みをくり返す。レンブラントのデッサンやブーシェの上塗りを思い出しながら、また一方で抽象的な空間の時には厳しく時にはきらめくような幾何学を思い出しながら。

＊

おそらく少年時代にモロッコで眼にした北アフリカの絨毯の思い出から生まれ、長いこと彼の絵に彩色織物という印象を与えてきたあの四角形と直線から、今日のガルデールは遠ざかっている。彼は画布の上に息吹きの誕生をとらえようと集中する。船乗りの正確な目が海上で、帆がふくらむ前に疾風《はやて》を予感したり、あるいは水平線を見つめながら、きらめき変化する海面が入念にその闇をはらっている海の深さに、じっと思いをこらすように。
　彼は、中国唐末の画家荊浩の「真とは気と実質ともども盛んなもの」ということばを自分のものにしたのだ。エネルギーの循環とマチエールのかたまりとなった絵は、不思議の海の沖へ出る。その絵自身、アトリエの中でひそかに辛抱づよく描かれた海図なのだ。彼が創り出すこの色どられた海、それはありうべき新しい空間を開く。気＝息吹きとはまさにいのちの現れであり、物質が運動を起こし呼吸をすること、形態が活気づき振動することである。存在の出来事を迎え、絵は世界の場を生み出す。

*

　息吹きの生成を手中におさめた者は、したがって絵の誕生そのものを描こうとするだろう。彼は絵画の情動や希求の方へ、つまりずっと以前から絵を生み出してきたものの方へとさかのぼる。彼は途中で、ことづてを携えた何ものかのために源泉を忘れたりせず、その不安定な流れにできるかぎり近く身を置く。彼は、果てと元とが結ばれる地平線の方を見つめる。ミシェル・コローの指摘にあるとおり、地平線とは、場所を風景へと変える非‐場である。それは「世界に大きさを」与え、「見えるものと見えないものとが重なるところに深さを」開く。ガルデールの絵は風景から、そのもっとも本質的なものをのがさなかった。その風景の地平線、それを見ている者のものでもある地平線、彼固有の視点の署名、そして彼と世界との連携をしるす、あの地平線を。

*

地平線とは、画家が自分のものにして共にあり続けようとする関心事、対象である。それゆえ絵画は、あたかもひと筆ひと筆、そして画布が代わるごとに自分自身の可能性をくり返し問いつづけるかのように、そのつど自分を見いだすことになる。しかしこの対象にはかならずや隔たりがつきまとうので、画家はふたたび毅然と線をひきなおし境界を定めるよう強いられる。「筆を運ぶとは象《かたち》を取ることだ」とも、荊浩は言う。地平線が生まれるために。

地平線、息吹き、表面、実質といったことばで空間を考えることは、その空間のなかに、環境世界より以上に、人間の受容力を際立たせることであり、絵画はその力を最大限にまで引き出すことになる。そこに生じる律動が、画布の上にはたらいている全エネルギーの循環を確かなものにする。輪郭がくりひろげる構成が以来もっとも単純なもの——線と点に還元され、しだいしだいに一群の線、色の面や層・粒子が解放されてゆく。

このように色を拡大読取りすることは、感覚界の和音をひびかせる。というのも、この方法は共感覚的であり、触れ、見させるだけでなく、聞かせもするのだから。絵は、湧きたちそして無言で歌う粒子の総譜なのだ。それは地震計でとらえたような光の揺れを記録する。そこにはいろいろな目にあって震えている世界の肌が見られる。

＊

内密なものが感じ取れる表面、生きている身の、存在のかりそめの印として、声や肌のきめのことが語られるように、ここで絵画のきめということが問題になる。絵を描くたびに画家は、絵画の材料に対してより細かな注意をはらうようになる。その地はしだいしだいに厚く塗られる。すると複雑な化学、変移、時間性をもつ油絵の具が好まれるようになる。油が引き起こす濃縮や堆積によってタブローの上に反発したり収斂したりする点が生まれる。乾いてゆく過程でゆっくりと色素が浮き出てくる現象は、画家のもっとも貴重な願いをみたす。色が、独自の秩序にしたがって、花開くのを見ること、そしてそれとともに世界が花開くのを。

＊

このような、たゆまぬ情熱にささえられた労苦に、わたしは蜜蜂の営みを重ね合わせる。そしてわたしは、詩人ばかりでなく画家にとっても、また人間性全体の定義としてもふさわしい、リルケのことばを思い出す。「われわれの務めは、はかない束の間の大地を深く、苦痛に満ちて、情熱的にみずからに刻みつけることによって、その本質を見えないかたちでわれわれのうちによみがえらせることです。われわれは見えないものを集める蜜蜂なのです。」

つつましい光の職人として、あるいは風の息吹きを司る神アイオロスのように、画家はたくさんの希望を与えてくれる。瓦礫の上で踊ったりせず、彼は泉へとさかのぼる。画布の上には絵の源が生じ来たる。それはあるがままに自らを認め、讃える。絵画は芸術であると同時に言表でもあって、技法というその声を用いて、ひとつの存在を表明する。

画布の上に浮かびあがる、ないしは起ちあがるこの芸術は、描こう、そしてまだ描こうと、正しく心を用いることによってのみ続けられる。おそらくは「絵の秘密」が姿をあらわすことを求めて。それは明らかに、われわれのごくありふれた日々の生活にも、また夢みられた生の無限の色階にも大切なものなのである。

音楽の望み

「バッハを聞く者は、そこに神が萌すのを認めるだろう。」

E・M・シオラン

それは夜空をうがつ。暗がりの中で、教えを受け、復唱する。明るい昼はまったくふさわない。存在するものを償おうと心に決めたものには、おぼろな闇こそふさわしい。

その夜はことばの夜よりも深い。流星が横切ってもその闇は乱されない。

＊

それは干からびた皮膚をはぎ取る。心臓のあくを洗い落とす。白い布で顔を拭く。そして表情をととのえ、包帯で顔を包む。人間の姿を思い出にとどめようとした古代のミイラのように。

＊

わたしは、それがどこかありそうもない場所に向かって出発する仕方が好きだ。あたかも空の一角に誰かが待っていて、すぐにもそこに到れると信じているかのように。

わたしは、何か話し始めるだろうと思わせながら、何も言わないその流儀が好きだ。まるで自分の愛をうち明けられないでいる者のように。

その内気さ、抑揚を秘めたおよび腰が、わたしは好きだ。

何ものにも向かわず、誰にも語りかけないことで、それは、死の耳にささやき、すこしだけ死を手なずける権利を手にいれる。その石膏の肩に頭をもたせ、かじかんだ指に指輪をはめてやる。

＊

わたしはことばの中にそれを探し求める。その踊るような足の運び、公爵夫人の笑み、目もあやな服、まるで蜜蜂か酔ったその群れのような振舞い、教会の中のささやき、蠟燭のふるえ、非力の告白、素気なさ、押込み、悔い、婚約に上気した娘のような様子、たかぶり、諦めを、そしてあのカッサンドラのように、幾度となくさし迫った魂の破局を予言しながら信じてもらえず、受け入れてはもらえないその虚しい愛の調べを、わたしは待ちかまえる。

＊

それはことばが口を閉ざすのに、すこしばかり手を貸す。ことばが自分の内をしずめることに。その心臓のインクをからにすることに。そして文章を解きほぐすことに。もはや何のためでも誰のためにでもなく、ただその痛みだけを語ることに。

＊

じつに久しいこと人間は、自分の裡の音楽を思索だと、自分の願いや怖れの歌を有益なことばだと、空想や妄想を知性だと、思いこんで来た。彼らが政治や道徳について語るのを聞いてみたまえ、夕方仕事から戻ったときの彼らのおしゃべりに耳を傾けてみたまえ。彼らはさえずっているのだ、犬が吠え鵝が鳴くように。だまされないようにしたまえ。彼らのことばには意味がない。音をたてているだけだ、恋文であれ形而上学概論であれ。調子がとれているかいないか、曲の仕上がりは奏者の天分と努力しだいである。人間の思索といえども、食事のとき料理をうまくあしらったり客間の家具を選ぶのと同じこと。枝の上で体の平衡をとりながら歌声をあげるあの作法である。

＊

ずっと以前から音楽は神々の寵愛を受けてきたとは言えないだろうか。神々は描かれた像よりも音楽を好んでいる。音楽は神々のもっとも忠実なしもべだ。そもそもおしゃべりで傲慢、およそ他人の理解できそうもないことばかりを述べ立てようとする人間の声を、音楽が、長い低音《ドローン》からマニフィカートへといたるまで、いろいろに変えてくれるのを、神々は喜んでいる。

＊

それは神々にまとわりつく。いろいろなことを神々に訴えようとする。その旋律はいたる所で閉ざされた空の門をたたく。オリンポス山の窓の下でトランペットやオーボエを吹き鳴らしても、物見高い天使たちさえもう久しく、窓から見おろさなくなってしまった。何千という合唱隊員はむなしく声をあげる。できることはすべてした……。神々の耳には届かないだろう。音楽はやっとそのことを知りはじめている。

＊

しかし、大合唱の日には、たくさんの人々が押し寄せ、大勢の合唱と金管楽器が空の門に向けて轟々たる響きをあげるので、しまいには門が開かれ、ついには天使たちが狂喜し歌声をあげながら、英雄的な兄弟たちの腕の中に身を投げ出すのではないかとさえ思われてくる。

＊

「これはまた、不在のものをなんと思いやることだろう！」

「この叫びが古くなることはない。どのような信仰をもちどんなことばを話そうと、時あって人はかならずこの叫びをあげる。それは人間の体の中に閉じこめられた天使の叫びなのだ。」

＊

いったいどんな内面の空の探索にのり出したのか、スタインウェイを前にして硬くなっているこのひ弱な青年は。そのことについて彼は、白い紙の束を黒くうずめる者よりも多くを知っているのだろうか。彼は指で鳥をまねる。彼はあり得ないものの方へと舞いあがる。彼はすばらしい遁走を試みる。彼にはしかし、無限を半音下げる癖があり、空にはとどかない。そこで彼は夜の正確な形をさぐり出す。そこから星たちが転がり落ちてくるようにと。

音楽の黄金《こがね》色の雨。暗喩！　あえぐ表情！　それほどにもわれわれの願いにはそれが欠けている。それを追って声は散り散りになる。太陽でも、死でも、音楽でも、いかなる美でもなく。破格構文！　空が近づいてくる。天使案出。細密アラベスクの扉の上で顔をしかめる動物たち。沈黙が心ならずも許し与えるわずかばかりの器楽法。

夜行列車頌

（詩草）

彼らはどこにもない場所をめざす。夜が彼らをその影に突きあてる。彼らは一途な夜の職工、闇労働者である。窮屈な上着にダーツのはいったシャツ、そしてしみだらけのセーターを着て、ラヴァルとヴィトレの間の築堤の上で寝るポルトガル人。

彼らは突進する、怖いのだ。夜にかじりつき、そこから石炭を掘り出す。井戸や空き地、トンネル、窪地に入りこむと、彼らは鉄の体の下で震える。

彼らは、反対の方向へと死んでゆくほかの電車たちと、うなり声をあげてすれ違う。

彼らは、眠っている町の鉄塔にきらめく蜘蛛の巣を引きちぎり、公園の茂みや橋の欄干の上にさす光のピン先を抜き取り、教会にかかっている聖母の子たちをはがし取ってゆく。

彼らは標識灯にぶらさがった娘たちの幻に向かって汽笛を鳴らす。そして転轍器の上に燃えあがる悪魔たちに向かっても。

＊

引かれたカーテンの陰で、人は新聞やたわいのない小説を読む。何かしゃべったり聞いたりする。煙草を吸い、気をしずめる。眠気に身をまかせる。あるいは裏箔のない夜のガラスにはすかいに自分を映し出す。

永遠に続くこのトンネルの中で
亡霊たちは立って眠る。

通路で、窓べりに肘をついている者もいる。彼らは何も見ない。まっ暗だ。彼らは自分の内側を見ている。そこではことばやイメージが揺れ動いている。それらを運び去ってゆく時間を彼らはじっと見つめる。彼らの心に似ている時間。夜は濁り、ゆらめいている。

電車は地面を拭きはらってゆく。線路の脇では、さんざしの茂みがむしり取られるかもしれない。ずっと遠く南の方ではミモザが。あるいは海の青さが列車におびえているかもしれない。

＊

夜行列車の女客たちはバッグの中に奇妙な電球を持ち運んでいる。彼女らの瞼の下にうかぶ星はつねに世界の果てを指し示している。

彼女たちは何も言わずに夢を脱ぎすてる。彼女たちはもう愛を恐れない。夜明け、彼女たちの破れた心が、曙の光にうっすらと血をにじませることも、もはやこわがらない。

愛撫も笑いも惜しむことなく、彼女たちはひたすら自分をさし出す。不眠が彼女たちの青い目に陰影を添える。そのまっ赤な唇は、キスをしなかった者には謎のままとどまる。

＊

「座席の上に膝を曲げ
青くくすんだ偽皮の背に髪を乱し
彼女は眠る。胸を右にかしがせて。」

まん中の通路をタンゴの身ぶりでトイレに向かう女のタイトスカートと黒いストッキングを、黄色いトレーニングウェアの男が横目に観察する。男は髭をなで、ため息をつく。誰かが駅で彼女を待っているのだ。彼女の左手には指輪が光っている。

夜、無言で手を取っている女の涙を、男は見ない。その蠟のような表情も。ただ心臓の音を聞くだけだ。あなたの肩でひきつっている手は爪の手入れがゆきとどいていない。

「俺の愛に口出ししないでくれ」、わたしの席の前にすわり、となりの女の肩に頭をもたせ手を握っている乗客は、ふと自分が見られていることに気がつくと、そう言っているようだ……。

＊

この列車で過ごすことがわたしは好きだ。布かばんに本と歯ブラシとパジャマをつめ込み、わたしとわたし自身のあいだを過ぎてゆく風景に揺られながら、おし黙った道連れに囲まれ、彼らをじっと見つめることが。

わたしは今では八十キロほどのはかない肉で足りている。わたしのビロードのシャツはミモザの匂いがする。この生をもっと間近にとらえ、その感動をたもてるかどうか、それはわたしが用いることば次第だ。
わたしの心は赤くなる
シャープペンシルの尖の女の体
こめかみにとどろく太鼓
荒々しく張られた弦
シターンと真鍮琴《ツィンバロム》。

ブリキの缶で頭をいっぱいにし、涙の鎧をまとい、わたしはわたしの気狂《きぐる》いのなかを駆けめぐる。砂利の上をわたしは裸足で行く。わたしは野薔薇の白い花をつむ。眠れる美女たちの唇で口移しにサックスを吹く。空の色に疑念をはさむ。時間が不思議なことばをつぶやく。それはまったく新しいことばを話す。月の色が変わった。天使のナイロンストッキングに伝線がはしるのが聞こえる。蠟燭が並んでふるえるニューヨークの教会をわたしは思う。

＊

世界がぐっすり眠っているとき、人間の生には、その小さなまたたきしか残らない。街灯の立っている駅がある。その光が道の隅をかすかに照らし出している。それを見るとこのような道は不幸へ、老いおとろえた顔へ、怨恨へ、悔いにしずんだ心へと通じているのではないかと思えてくる。そこへ列車は軋りながら停車する。
濃い闇夜を切り裂くことができれば、と人は願う。夜はすばやく愛の上におりてくる。なすにまかせる者は煙となって果てるだろう。

*

駅のカフェレストランの白いタイル張りのトイレの中で、流れの悪い便器を前にし、アンモニアと吸い殻の匂いにたちこめられ、ネオンの、人の疲れなどいっさい受けつけない鋭い光に顔を照らされていると、わたしは突然、自分が何物でも、また何者でもなく、すぐにもわれを失い、洗濯物の束のようにその場にくずおれてしまいそうな気持ちに襲われる。このような場所が麻薬中毒者をとりこにすることは、わたしにもわかる。彼らはこの上もなく無意味なものの醜いものに触れるのだ。猥褻なことばが壁をよごす。欲望と意趣がもたらす野卑。いわば物に彫りこむ入墨。名を知らさずに死と交わす出会いの約束。誰もいないときにマジックでこっそりと、小便と痰にまぎれ、生まれたことの不幸ゆえに書かれた、一種の最小詩《ミニマル・ポエム》。

＊

レンヌやヴェルサイユあるいは他の駅でも、夜の待合室は朝まで明るくもやっている。ネオンとたばこが消えることはない。人は長い木のベンチの上に横になって膝を抱くか、あるいは座ったまま首を折ってジャンバーの襟に顔をうずめ、居眠りをする。眠らずにいるときには、物思いにふけっている人や通り過ぎてゆく人々、みかんの皮をむいたり新聞を読みなおしたりしている人々を見つめる。そしてときどき何も見なくなる。そんなとき目に映っているのは、目の前のうつろか地面にこびりついたビールのしみ。

＊

いいや、月は衛星ではない。それは、青く凍てついた冬の夜明けに輝く穴だ。光の丸窓。空の布地にあけられたみごとなかぎ裂き。

それは王国へと通じている。青い夜明けの向こう側には神々がひかえている。客車で一本めのたばこを吸う人間たちの煙の向こう側に。

森が紫色になることも言っておくべきだろう。それは、葉の落ちた黒い枝と霧氷の白いきらめき、そして夜明けの静電気をおびた青色とが織りなす、不思議な色合いである。

霧に感覚をうばわれ、草地にまどう牛たちは、通り過ぎてゆく列車をあたかも天変地異のように見つめる。そのようにかつて、人間たちの前に神々は姿を現したのだった。彼らもまた何ごとかまったく理解できないまま、草を噛んでいた。

人は朝、幻をみとめる。そこでは夜の名残りが明けやらず、あちらこちらに霧がたちこめ、絡んだりほぐれたりして、ぼんやりとした風景を描き出す。自分をとり囲むその暈から、人はゆっくりと目を覚ましてゆく、夜を心地よくしていた影や像《かたち》の服をいやいやながら脱ぎ捨てて。

レインコートを着、眼鏡をかけた白髪の中国男が、膝に帽子をのせて旅をしている。彼は右から左へ頭を動かしながら、景色を追うように眺めている。そうするうちにも彼の憂愁はふくれあがってゆく。

八時頃、南側から太陽が車両をつつみこむと、客車は大聖堂のように燃えあがる。そして、デニムの上着の下にちぢこまって眠っている少女の黒い髪の上に、天使たちがほほ笑みながら降りてくる。

ヴェルサイユ－レンヌ、一九八九年一月

「この麗しきフランス、足裏とズボン吊りの国。」

G・フローベール

アマリ怖ジズニ

おしゃべり

無駄話には、駄獣と同じく、ことばがない。しかもそれはよくしゃべる。なんでもかまわずに言う。何も語らないために話すなんて馬鹿げたことだ。口をつぐむことができないなんて。音をたてるだけだなんて。ことばで楽をしようだなんて。まるで、わたし愛されているんだわ、とひとこと覚えの若い許嫁みたいに幸せに、自分自身とおしゃべりをするなんて。

「シャルルの会話は道の舗道のように平板だった。そして様々な人々の考えが、普段着のまま、感動も、笑いも、物思いもひき起こすことなく、そこをねり歩いていた」。

彼のことばは何ひとつ損なわない。誰にも危害を加えない。むしろ誰もが自分の家のようにくつろげる。人はそこに気軽に身を寄せ、自分も話し出す。お金はかからない。ただちょっと唾液がいるだけ。

＊

魂の帽子

しゃべろうとして口を開くたびに、その愚か者の耳は途方もなくのびる。しかし愚か者は何も聞かず、何も気づかない。みんな馬鹿にしているのに。彼はみんなと一緒になって大笑いする。この世はすべて最高だ。愚かさは心地よい帽子である。それは彼をあたためる。それがあれば彼は気分もよく、穏やかにくつろげる。

目をさますと、シャルルはエンマの脇で、「ナイトキャップの薄い垂れ飾りに半分おおわれている彼女の頬の黄金《こがね》色のうぶ毛に、太陽の光がさすのを見つめた」。彼はその時おそらく、すこし感動して、以前、「芯を入れて卵形にふくらませた」奇妙な耳つきの紙帽子をかぶらされたことを思い出していたのだ。無論じきに間男に角を立てられようなどとは思ってもみなかった。

＊

二人組

デュボラールとマニシェはふたりして、愚かで鈍くあっけらかんとした一心同体になりきる。彼らは物真似らしい小心さで、果てしもなくくだらぬ事をくり返す。

バスの待合所にふたりの少女がすわっている。原付自転車《モビレット》にまたがった少年がふたり、彼女たちを見ている。ぽつりぽつりと、少年たちはことばを交わす。しかしほとんど黙ったまま。時おり少年のひとりが乗り物を走らせ、小さな爆発音をたてる。少女たちは驚いたように目を見張る。そしてくすくす笑う。しなを作っているのだ。そんな風にしてバスの待合所では時間が過ぎてゆく。そこは「ジャッキー、あんたが好きよ」、「マリーゼに永遠に」、「くそったれ」などと壁に落書きされた、小屋みたいなところである。

手に手をとり、目に目を映し、恋人同士が熱烈におたがいを見つめあっている。しかし彼らは何を見ているのだろう。何が見えるのか。相手の目の中に小さく逆さに映った自分の顔だろうか。それとももうすでにふたりの肩のあたりをつつんでいる夜をだろうか。心から目へとたち昇ってくるあの夜。お互いに身を寄せ、息と髪の毛と夢をもつれ合わせ、彼らが寝る夜。それでもやはり自分だけ。いつまでたっても目の中は孤独のまま。

己れに似せて人間を作った神はおろかだ。そして、音の出ないトランペットに頬をふくらませ、息を切らした石膏の小天使の一団をひき連れた聖人たちは、それ以上におろかである。

＊

読んだもの

売り物（失業のため）：フォードＸＲ３　グレイメタリック塗装、一九八八年型。オプション：着色窓ガラス、黒エナメル塗料、大型ホイール、スポイラおよびリアスポイラ、側面三角窓、三本マフラー、異国調ダッシュボード、４チャンネルオートラジカセ（パイオニア製４×30ワットアンプ・ヘッドホーン付き）、芳香剤、フッ素系ハイパイル製ハンドルカバー、バックミラーにとりつけたアクリル製熊の縫いぐるみ、リア・トレーの首ふり犬、手製フック付きクッション、Auchan et Europe 1のステッカー。値段は交渉次第。リース引取り可能。電話、ジャッキー　九〇　一一　九〇　四四。

流行作家Ｊ・ジョゼフは信心に溢れた老女たちに彼の作品を捧げる。口先たくみに彼は語る、「希望、それは今でも一番お金のかからぬものです……。わたしは人間を信じようと努めます、みなさん、わたしはヒューマニストでありたいのです」。

ル・モンドで、スュリゼールという名の「作家」の発言を読んだ。そこには、先の大統領選挙で右派候補者に投票するよう勧めながら、こう書かれていた。「フランスを文士たちに明け渡してはならない」。

＊

棚卸し細目

キャベツのようなぼんくら。この同語反復的な野菜のようにまるく、むくんで飽和したぼんくら。人はこの野菜を一枚一枚無感動にむくが、だんだんと小さくなってゆくだけだ。芯にいたるまで愚鈍で何も出てこない。まちがっても目をあけた新生児が出てくることはない。

キャベツ《シュー》のような、膝《ジュヌー》のような、小石《カイユー》のような、おもちゃ《ジュージュー》のような、虱《プー》のようなぼんくら。ただしミネルヴァと夜とに守られた梟《イブー》は例外。

馬鹿げている——泣きたくなるほど、まぐさを食らうみたいに、夜起き出してしまうほど、宿泊券を持っているのに外で寝るように、屋根の上から触れ回りたくなるほど、ヴェルデュラン夫人の顎がはずれてしまうほど、ポテトフライを売るだなんて、警官を志願するなんて、風に向かって小便をするなんて、それであったまろうだなんて……。

束髪《シニョン》、造花、隊商《キャラバン》、スケート靴、尿瓶《ポ・ド・シャンブル》、座薬《シュポジトワール》、小ぼうき《バレイエット》、ビデ、湯たんぽ《ブヨット》、ベレー、カールクリップ《ビグーディ》、尻《ババ》……。

バ行が一番ばかげている。


ある種の単語にはおろかしい響きがある。椰子《ココチエ》、泥《ガドウ》、ブーダン、おちんちん《ジジ》、トッパーコート《パルト》、寝取られ男《コキュ》、ソーセージ《ソシソン》、でぶ《ロンドゥーヤール》……。

重複し、どもり、もごもごいう単語もある。ぼんくら坊《ベベート》、わんわん《シャンシャン》、じいじい《ペペール》、痛々《ボボ》……。


わたしが耐えられないのは、肥満、格子縞のシャツと水玉模様のネクタイの取合せ、ロンバース、靴下留め、シャラント・スリッパと短いオーバー、下品な女と優男、鎖の腕輪、毛深い胸に喰いつく鮫の歯、映画館の前の行列、大型スーパーマーケットのカート、電動式缶切り、フラン、カスタードプリン、仔牛の舌、マフにくるんだ仔犬、はみ出た鼻毛、政界人、メダル、ナイロンのパンツ、ズボン吊り、結婚式のあと一斉に鳴らすクラクション、演説、バトンガール、おむつカバーの宣伝、コンドームと司法官。

どうやらわたしはこの世には余計者のようだ。

＊

皮膚反応

小学校のころ、家族宛てに糊づけした親展の封書が配られると、何かおそろしい秘密がはいっているのではないかと思われ、気になったものだが、この封書こそは毎年わたしたちの恥辱を予告するものだった。そこには、間もなく例年どおり医者がやって来て、おびえすくんだ少年の列を白衣と聴診器が検査して回る残忍な儀式のことが書かれていた。

わたしの恐怖はふたつの形をとった。ひとつは皮膚反応ということばそのもの。友達の話では、それはペンで腕の肉をたて続けにひっかいて傷をつけるということだった。幸いなことにわたしは毎年このみじめな苦痛をまぬかれた。夜、胸骨の上に軟膏を貼り、数日後、つらい試練にだけは会いたくないとびくびくしながら剝がす、モロー反応と呼ばれる儀式だけで済ますことができたのだ。しかしこの滑稽で短いキュティ(皮膚反応)という語は、以来わたしの目の前につねに苦しみと愚かさの原点をえがき出すことになった。

もうひとつの恐怖の方は毎年顔を変えた。それはあの女医という顔、子供の空想の世界ではたちまち人喰鬼と韻をふむ、あのもうひとつの恐ろしい名前だった。意地の悪い、しかし往々にして若くて美しいこの生きものは、わたしの体重と身長をはかると、突然まったく気にとめる様子もなく、わたしの半ズボンを引きずりおろしにかかるのだ……その時わたしはどこを見ていたろう。わたしの顔はどんなにまっ赤になったことだろう。この恥辱との邂逅は思春期のはじめに奇跡のように消えうせた。ただしその意味するところを知るのはまたのちのことである。

これまでのところわたしの健康状態は良好で、看護婦や医者とのつき合いを遠ざけてきてくれた。彼らの前に立つとわたしは今でも、彼らがまた突然昔と同じ耐えがたい侵害をしてくるのではないかと、内心不安になる。わたしは、他人がわたしの体に触れるのが好きではない。だから、わたしはことばに身をつつむのだろう。書きながら、今度はわたしが人の心を触診する番だ。わたしの万年筆は、まるで子供の肉でもひっかくように、紙をひっかく。

絶対に現代的でなければならない

あらねばならぬ。ただそれだけ。

ひたすらこの現在に。決然として自己として。他人のように抒情して。

滅びゆくおのが体にまとわられつつ、存在するすべてのものにできるだけ身を寄せること。それを言おうとすること、できるだけそれを思おうとすること。途中で道に迷うことになろうとも。自分を失うことになろうとも。

人に嫌がられることなど省みない。

骰子のひと振りと愛に任せて。

行き過ぎや過ちを恐れない。

黒づくめの娘がヘッドホンの音楽に体をまかせるように。それともモロッコ人労働者が道路に溝を掘るように。

あるいは母性に満ちた娼婦のように、そしてその不器用な俗っぽい愛のように。

また天国か地獄か、どちらにもせよその使者たちとカウンターで一杯飲む、すこし風変りな楽しみも味わう。とりわけ濡れたレインコートの下に翼を隠している者たちと一緒に。

ボワローがアナトール・フランスと一緒に眠る埃のつもった部屋や方位基点からはいさぎよく遠ざかる。

迂言法や位階序列、ましてや道徳に対する感覚などはもはや持たない。ただし学校で教わらない特異な徳はのぞく。

つつしみを忘れる。過剰も、ナイフも避けない。
われらが聖父たちはみな天にいる。かつて恋に身を捧げた女たちとともに。
われわれはひとりそこから出てゆくことになるだろう。

*

現代的であること、それは価値や起源、徳性といったものにもとづくものではありえない。また系譜とか規範でもなく、その独自の働きぶりや新しさによるのである。それは書くことをうながしはするが、書くことで仕上げられるものではない。それは書くことを困憊させるかと思えば鼓舞もする。しかしミルテの木陰に憩うことは禁じる。

愛ほど現代的なものはない。

*

ボワローが庭師に宛てた書簡詩の中には、香りや花びらの震え、舞い飛ぶ蝶、草と戯れる光といったものがいっさい欠けている。それに本を投げ出し、部屋を出て、散歩をしようという欲求も……。ただ「濃密な思索」、気どり、高貴な言語の「不快な静けさ」、弁舌の「恥ずべき喜び」

があるばかりだ。死んだことばの哀れなミイラ。

＊

わたしは十五歳のとき十二音節脚韻詩による悲劇を書いた。今ではミシンと蝙蝠傘を集めている。わたしはアメリカやペルー、ペロポネソス半島を一刻も早く発見したいと思っている。そして庭では、ロンサールといっしょに薔薇を摘みたい。書きものをするとき、わたしは狭い戸をすこしだけあけ、ぐらついたままにしておく。

＊

古典主義は不可能だ。鏡の間がないのだから。足もとをなくした今日の古典主義は、そこに台座を、あるいは受け皿をむなしく探し求める。そして自分を不安定な状態から救い出してくれるよう、文法にすがりつく。

＊

古典主義《クラスィスィスム》。この新しい造語は妙に連想をかきたてる。わたしにはこの語の遠い軍事的由来を忘れることができないし、また、ミシェル・レリスが「自殺《スュイスィッド》」という語について書いていたことを、ついこの語にも当てはめてしまう。それはふたつのサ行音の畳韻とくり返される強勢母音イ、のことである。凍った炸裂音、誰にもその嘆きが聞えてこない鋭い苦しみ。ぶつかり合う剣の音。そして頭の上でわれわれを皮肉っている蛇の舌……。こせこせした公爵たちのフェンシングよりも殴り合いの喧嘩の方がましだ。

*

古典的。時代遅れにならない服。大きすぎもせず、きつすぎもせず、しっくりとくる。そのひかえめな優雅さは万人の認めるところ。――ここに趣味のよい人間がいる。まがうかたなき紳士である。髪の毛はきちんととかしてある。ことばひとつ、考えひとつ、他人より声高に語ることはない。自分も、またほかの何事も無益にはしない。

*

その人たちはあらゆる事を知っていた。彼らはギリシャ語やラテン語を読み、カストールが白鳥に転身したこと、ヨブには七人の娘と三人の息子があったこと、レニエがデポルトの甥であったことを知っていた。一方で字の読めない下層民たちがやっと自分たちの良識というものに取組みはじめたころ、彼らは集い、天金をほどこされた倫理の書の教えを学びあっていた……。もの静かな彼らの亡霊にわたしは大学の廊下で出くわすことがある。わたしは大学教授資格試験の口頭試問の恐怖を思い出す。ボワロー、ボシュエ、ラシーヌその他の面々が、眼鏡の奥に薄笑いを浮かべていた。彼らはお互いにメモをさし出しあっては自分たちの威光を味わっていた。そしてわたしは、一三、〇九五ページもあるキュロス大王を思い出そうと、爪を立てて頭をかきむしっていた。

＊

モニメー（フェディメーに）

わたしの不幸はおまえが考えているよりもずっと大きいのです。
わたしの思い出の中にかつてクシファレス様のお姿は
ただ徳に満ち、誉れに輝いて映るのみでした。
だから炎と燃えるわたしは知らなかったのです、
死すべき者のあいだにあってクシファレス様こそはもっとも恋深きお方だとは。

な、な、なんという退屈！　天性に欠けた声だ
わたしには田舎の高校の教室の
夜明けと白亜の灰色の景色がよみがえってくる。

＊

ギリシア人にとって存在論だったものが、ボワローの友たちにあっては文法となった。ここにおいて理想的なものが計画上のものとなった。神殿が宮殿にとって代わられ、町は宮廷に、神々の彫像は国王の肖像にその席をゆずった。

＊

アルベール・カミュ：「わたしはただひたすら、そして深く、フランスの偉大な古典主義の文学だけを愛する」。なぜこれほどたくさんの形容語を用いるのか。「古典主義」ということばは懐古的でしかも耐性があるので、美学概念の中でもっとも恭しいものとなっている。それは作家を、過去の規範につらなる栄《は》えある家族の一員に列する。「調和のとれた一束ねの徳」（その第一のも

のは、ジイドが語ったのとは違い、かならずしも謙遜とはかぎらない）を彼に与え、身分証明と確信という婚資を持たせる。

わたしはと言えば、わたしは婚資を持たずに結婚する。

＊

「ついにマレルブがやって来た……」。どんな時代にもその時代に合った古典主義作家が待ち望まれる。彼らは言語を修復し、単語を配置しなおすだろう。彼らは詩神《ミューズ》を義務の法則へと単純化するだろう。そして「フランス風に」、明晰な観念ときわめて適切な文章で、規則正しく章を区切り、書物を著わすだろう。彼らは忠実な庭師であり、おとなしくて世話好きな教授であり、非の打ちどころのない家長であるだろう。彼らなら美を経済的に運用することもできるだろう。

＊

古典主義、ロマン主義、象徴主義、超現実主義……。文学史の流れのなかで次々にみずからを価値と自任してきたこれらの流派ないし概念は、さまざまな質となって、今日の詩の経験のなかに渾然と生きのびている。われわれはそのすべてを受け継いだが、そのいずれによっても、われわれわれの不安や期待は鎮まらない。それぞれが詩法の本質的な部分部分を掘り出したにもせよ、その全体は整合せず、今なお考え、書かれるべきものとしてある。

＊

現代的、つまりことばにはなり切らない唇のあいだの実物の味、すばやさ、短絡、驚き、「一方では永遠不易な芸術のもうひとつ別の半面」（ボードレール）。古典的、つまり作品とその安定を求めること。自分より高いものに頼ろうとすること。失って久しいあの、ありそうもない一貫性をついには世界にとり戻そうとすること。

＊

ポール・ヴァレリー：「古典作家とはみずからのうちに批評家をやどし、二者一体となって仕事をする作家である」。シャルル・ボードレール：「批評家が詩人になるのは奇跡に近いが、詩人の裡には必ずや批評家が宿っている」。一方にとっては古典作家の定義となるものが、もう一方にあっては現代詩人の定義となる。そこに矛盾はない。ボードレール、ヴァレリー、フローベールは、ボシュエやボワローよりも厳正な意味で古典的である。彼らはいっそう苦しみのうちにある。弁じたてるのではなく、彼らは書く。

＊

こうした概念は作家の在り方を明かしてくれるには違いない。驚異を奪い取るために世界の中へ身を投じる能力、はかないもの、思いがけないもの、かりそめのものに対する感応力は、文章の均整や明瞭度、あるいはそのリズムと内容のほどよい釣り合いにまさる。

このような一般論はわたしにとってはあまり重要ではない。わたしを悩ませるのは、過ぎ去った人たちの古典主義ではなく、わたし自身の中の古典主義なのだ。それは内にひそむ脅威、致命的な老いのきざし、アカデミズムの亡霊のようなものである。独自の技法を身につけ、秩序を見出だし、インクを中産化し、娘を嫁に出せば、書くことも心地よいものとなるだろう。よき職人となり、書物を著わすだろう……。ほとんど死んだも同然となり、詞華集や歴史書にはわたしの名前が載るだろう……。

ヴァレリーは言った、「古典的であってはならない。そうなるのでなければならない」と。むしろ、古典的にならざるをえないのだ、と彼は言うべきではなかったか。死をのがれることができないように。

簡略無限辞典

辞書とはすばらしくもまた無用のものである。それは子供や作家のためのもの、単語の意味を覚えなければならない者たちとそれを忘れんと努める者たちのものである。その辞書の編纂を、白髪頭のアカデミーのお歴々にまかせるなど、愚かさの極みではないか。よってここにわたしのものを紹介する。わたしはこれを、実際には書きもしない小説の登場人物たちのために作成した。彼らの夢の花粉で。

お払い箱にすべき暗喩や短かすぎるかか細すぎるかしたひらめきの備蓄、ことばの切り屑、おが、へぎ、そしてささやかな感動と鳥たちの名前、こうしたものが、ここでは書くに際してのこの上ない手持ちであり、同時にまたあらずもがなのものである。書くという行為はこうして、その仕事場や失態、反故を臆すことなく人目にさらし、みずからを否みながら、その虚しい思いにあたうかぎり近づいてゆく。

書くことに終りはない。だからそれを簡略にせねばならなかった。この不完全な辞書がみなさんにそれぞれの辞書をつくる気持ちを起こさせんことを。自分の好きなことばと、こんな風に書いてみたいと思う文体とで……。

A（アー）：　古代ギリシアで神々が人間どもに浴びせる罵倒は、この文字によって始まった。コヴァリュビアスによれば、男児は生まれるとすぐA《アー》と発音する。なぜというにそれはアダムという名前のイニシャルだから。そして女児はエヴァのイニシャルのE《エー》の音を。

ABSOLU《アブソリュ》（絶対、絶対的な）：　花に磔にされた蝶。

ÂME《アーム》（魂）：　愛の始まり。

AMOUR《アムール》（愛）：　不可能を意味する普通名詞。

ANGES《アンジュ》（天使たち）：　夜のペン軸の中で、彼らは落日のことを語り合う。

ARBRE《アルブル》（樹木）：　ことばに触れることは、禁断の木の果に触れるのとは別の意味で、ゆゆしきことだった。この行為の代償としてわたしは心を支払った。

AUBE《オーブ》（あかつき、曙光）：　夜明けの第一の名前。

AURORE《オーロール》（夜明け、黎明）：　ふくれあがる鳥たちの合唱。

AUTOBIOGRAPHIE《オートビオグラフィー》（自叙伝）：　わたしは舌を切ったのちに書きはじめた。

AUTOBUS《オートビュス》（バス）：　ロレーヌ地方のバスの中で、わたしは彼女の肩に頭をもたせかけた。そしてレストランの紙ナプキンに、彼女に捧げる詩を書いた。

AUTOMNE《オートンヌ》（秋）：　庭の花柄の紙がはがれる。黒い蜜蜂が蠅のように落ちる。風が吹く。わたしの美しい夏が羽を落とす。

AVERSE《アヴェルス》（驟雨）：　亜鉛の流出。

AVOCETTE《アヴォセット》（そりはしせいたかしぎ）：　先の曲がった長い嘴をもつ狡猾な渉禽で、おもに殻のない軟体動物を餌とする。

BEAU《ボー》（美しい）：　海辺の電話ボックスのように。

BONHEUR《ボヌエール》（幸福）： 文章を書く。行をうめ、そこから溢れ出て、次の行へと進み、それを仕上げるペンのふた心なきしあわせ。

BOTRYOÏDE《ボトゥリヨイード》（葡萄状の）： わたしは、いとしい女《ひと》よ、わたしが知っている、おまえの体の葡萄の房のかたちをした部分を、そう呼ぼう。

CERCUEIL《セルカエユ》（柩）： これにもっともよく似ているのがグランドピアノである。『悲愴』を演奏するときブルーノ・レオナルド・ゲルバーは、自分の死体の上に列聖の手を置くのである。

CHAGRIN《シャグラン》（悲しみ）： 冗漫で類語反復的。長い透きとおった髪の乙女が、小川のほとりの、水につかった柳の根もとで泣いている。

CHANT《シャン》（歌）： 盛大な宴にあずかったときにことばの息づかい。

CHEVEUX《シュヴー》（髪の毛）： 奇妙な電気の暈。

CIEL《スィエル》（空）： 透明な鳥。

CIMETIÈRE《スィムティエール》（墓地）：　骨、肉のさし枝、涸れた涙をならべる店。

CLASSIQUE《クラスィーク》（古典）：　一番あとのものが最上だろう。

CŒUR《ケウール》（心、心臓）：　ひとしずくひとしずく、それは語る。

COMMENCEMENT《コマンスマン》（始まり）：　水源は流れよりもはるかに感動的である。

CONNAISSANCE《コネッサンス》（知識、認識）：　あなたはあなたの人生のあらゆる時期を愛に悩んだ。愛だけがあなたが何者なのかおおよそのところを知っている。

CORPS《コール》（肉体、身体）：　滅びゆく肉たちの司牧。

CRÉATURE《クレアチュール》（被造物、人間）：　それは動きまわる。文なのだ。

CRÉPUSCULE《クレピュスキュール》（夕暮れ、黄昏）：　われらが人生のどの段階にあれ、夕方の凪は穏やかだ。

DÉARROI《デザルワ》（混乱、動揺）：　木綿の下で女の裸の胸がふるえるように、頭はときどき混乱というもろい肉に揺らぐ。

DÉSIR《デズィール》（欲望）：「人間の肉に対する秘められた食欲だろうか。」（ノヴァーリス）

DIABLE《ディアーブル》（悪魔）：　薄紫色の火花の束。

DIEU《ディウ》（神）：　大いなる透明。

DIMANCHE《ディマンシュ》（日曜日）：　ものを書くのにうってつけの休息と讃美の午後。

DORMITION《ドルミスィオン》（聖母の永眠）：　高貴な眠り。

ÉCRITURE《エクリチュール》（書くこと、著述、書、文体）：　常たゆまずに死ぬ方法。

ÉCRIVAIN《エクリヴァン》（作家、物書き）：　著作がふえるにつれ、このことばはおもむきを変える。最初のふたつの音節には注意をひかれなくなり、聞こえるのは三番めの音節（VAIN：むなしい）だけになってしまう。

EGLISE《エグリーズ》（教会）： 本が、夢の中でときどき、燃え上がった教会のように思えることがある。警鐘がうち鳴らされ、鐘楼から雪景色のただ中へと黒い煙がなびいてゆく。女がひとり、小さな公園の入り口近くのベンチにすわっているが、この大事には目もくれない。ごく地味な服の下ではしかし、彼女の膝がすこしふるえている。

EMOI《エムワ》（感動、興奮）： 書かれたページの頬にさす薔薇色。

ENCRE《アンクル》（インク）： かならず黒。南の海のあたたかい水でものを書くことはない。

ENFANCE《アンファンス》（子供時代）： 子供の頃のわたしをとり押さえ、すぐりと笑いにまみれた王様のような気分にしてくれることばは、めったにない。

ÉTÉ《エテ》（夏）： 木蓮の白い日傘のもと、酔った蝶たちは花粉をかもし、わたしは、草の中にしゃがみこんで昆虫たちの秘密をさぐる。

ÊTRE《エートゥル》（ある、いる、である、存在）：　いずれは失うことになるとわたしが心得ているもの、それがわたしである。

FEMME《ファム》（女、女性）：　彼女はやさしく望ましいものになる。シャツやセーター、化粧水を買う。一緒に見に行く土地や映画のことを話す。彼が離れて行かないよう引きとめる。

FORMES《フォルム》（形、形式）：　たよりのない服。それは遅かれ早かれ虫に喰われる。美があらわになる。またやり直さねばならない。

FRAGMENT《フラグマン》（断片、断章）：　捧げもの。

FUITE《フュイット》（逃走）：　緑をおびて　はた薔薇色に（ヴェルレーヌ）。

GEL《ジェル》（結氷、凍結）：　締めつけられた心。

GENÈSE《ジュネーズ》（起源、創世記）：　はじめに紙片があった。それは大きく白かった。彼は言った、「光あれ」と。しかし光はなかった。はっきり見通せず、光を闇からひき離せそうになかった。彼はすこし苛立った。そして光を「昼」、闇を「夜」と名づけた。それが彼の最初の過ちだった。

HAUTIN《オータン》（添え木）： アルジャンティーヌ（おおにぎす）、コレゴーニュ（もとこくちます）、トリプテロノート（和名不詳）の俗称。

HOMME《オム》（人、人間、男）： 存在の事故。

HUÎTRIER《ユイトゥリエ》（みやこどり）： 苺色をしたその嘴はいたずらっ子といった印象である。

INFINI《アンフィニ》（無限の、無限）： 自己を失った者たちの避難所（精神病院）。

INSPIRATION《アンスピラスィオン》（霊感、着想、インスピレーション）： 神々の胸の中の風の呼びかけ。

INTIME《アンティーム》（親密な、内密な、内奥の）： ことばの分泌。

JABIRU《ジャビリュ》（ずぐろはげこう）： アメリカ原産の一雌一雄制のこうのとり。

JALOUSIE《ジャルズィー》（嫉妬）：　愛の凡庸な状態。

JARDIN《ジャルダン》（庭）：　「美しい緑色の時間」（ジャン・トルテル）

JE《ジュ》（わたしは）：　横領者。

JOUE《ジュー》（頬）：　頬筋と咬筋、ならびに大小の頬骨筋の丸みが、口づけを要請する。

JUSANT《ジュザン》（引き潮）：　海の憂愁。

KAKO《カコ》（カコ）：　スラブ語アルファベット第十一番目の文字。

LALLATION《ラライスィオン》（ラ行発音不全、レロレロ音）：　かつてローマの女たちのあいだでもてはやされた発音の悪習で、l（エル）の音をいたずらに湿音化すること。口婬《フェラスィオン》の上品ぶった変形。

LARMES《ラルム》（涙）：　これには抗しがたい。

LECTEUR《レクトゥェール》（読者）：　見知らぬあなたに向けて書くことに、わたしはいくぶん幸せを覚える。

LITTÉRATURE《リテラテュール》（文学、文芸）：　わたしたちの命がそれ自体みずからの亡霊でなかったならば、文学はなかったろう。

LUMIÈRE《リュミエール》（光）：　昼用クリーム。

LUNE《リュンヌ》（月）：　その位置をわれわれは数センチの誤差で知っている。

LYRISME《リリスム》（抒情精神）：　定義しなおすべき造語。

M（エム）：　アルファベットのちょうどまん中、わたしのお気に入り、わたしの恋人よ。

MACAREUX《マカルー》（つのめどり）：　この修道士風の鳥は、どこかの宴会から酔って帰る作家のように皺だらけの燕尾服を着ている。

MAGISTRATURE《マジストラテュール》（行政官、司法官の官職）：　「行政官を人間に結びつけている絆はただひとつ、男色のみである」（ボードレール）。

MAUBÈCHE《モーベッシュ》（こおばしぎ）：　こおばしぎの雛の胸には灰色の雲がある。

MÉLANCOLIE《メランコリー》（憂愁）：　威厳。

MER《メール》（海）：　今宵、科の木の頂きに、海はきらめく太陽のしみとなる。

MÈRE《メール》（母）：　灯りのそばに腰かけて彼女は服をつくろっている。ときどき眼鏡ごしに子供の方を見やる。指だけが動きつづける。しっかりと輝く針。彼女は生に死を縫い合わせる。彼女はなすべきことを知っている。それは彼女の心に書きこまれている。

MIROIR《ミルワール》（鏡）：　川の中で空は裸になる。

MODERNITÉ《モデルニテ》（近代性、現代性）：　足踏み状態。対象を執拗に悩ませ、次から次へとあらゆる角度から提示し、印画に焼きつけ、種々の酸性液に浸し、対象を破壊しながら仕立てあげる手法。

MOI《モワ》（わたし、自我）：　ちっぽけで寒がりで凡庸、自分であろうとばかり固執する。つまり、たいしたものではなく、能のない限られたもの。それが受け入れるものだけはしかし、われわれをおやっとさせる。たとえばそれは「抒情的題材」——蜜蜂や教会、それに広場や駅。あるいはまた、同じように心であることに耐えている者。

MONDE《モンド》（世界）：　わたしがいなくなってもそれに気がつかないような世界を、どうして心から愛することができよう。

MOTS《モ》（ことば、語）：　それらは愛という天職を持っている。

MUSIQUE《ミュズィーク》（音楽）：　ぼろをまとったあなたの魂があらわになる。

NATTE《ナットゥ》（お下げ髪）：　妹は褐色の髪を二本の長いお下げに編み、赤いリボンを結んでいたが、その片方がときどきほつれていた。

NATURE《ナテューール》（自然）：　心のための煎じ薬。

NAUCORE《ノーコール》（こばんむし）：　小さな舟の形をした南京虫。

NÉCESSITÉ《ネセスィテ》（必要性、必然性）：　わたしはわたしの理法にしたがって書く。わたしのやり方で。時に応じて。惑星のすみっこの一市民として、滅びゆく体と完全には覚えきれないことば、そして身をわきまえぬ願いをこめて。

NEIGE《ネージュ》（雪）：　陽の光にきらめく。子供たちは心で雪の玉をつくる。

NIHIL《ニイル》（虚無）：　わたしが書くのはなんのためでもない。最終バスが車庫にはいってしまったのに、いつまでも待合所にたたずんでいるようなものである。

NUIT《ニュイ》（夜）：　壮大な夕暮れと小さな子供たちとがくるまる厚い毛の毛布。それは死を暖かにたもつ。

OOZOAIRE《オーゾエール》（卵動物）：　より高等な動物のための卵の状態に格下げされた動物のこと。たとえば人間。彼らは神々を繁殖させる。

OUBLI《ウーブリ》（忘却）：　心の健康法。

PAPILLON《パピヨン》（蝶）：　あらゆる苦しみの中でもっとも軽いもの。

PARADIS《パラディ》（天国、楽園）：　子供の恋人たち。

PEINTRE《パントゥル》（画家）：　世界を見せるのではなく、世界を見ようとする気持ちにさせてくれる。

PEINTURE《パンテュール》（絵、絵画）：　緑色のスカートをはいた小さな踊り子たちが、ワックスを塗った床に進み出る前に、髪を結びながらお喋りをしている。

PHRASES《フラーズ》（文、文章）：　子供のころ小屋の中にあった板切れ。

PIANO《ピアノ》（ピアノ）：　音楽の柩に白い詩行が静寂の穴をうがってゆく。

PING-PONG《ピンポン》（ピンポン、卓球）：　空気の泡の初聖体拝領式。

PLUIE《プリュイ》（雨）：「雨滴の大きさはまちまちである。十分の一ミリメートルから五ミリメートルでその平均値は二ミリメートル。十分の一ミリメートルの雨滴は秒速約三十センチメートル、一ミリメートルの雨滴は約四メートル四十センチ、そして五ミリメートルのものは約八メートルの速さで落ちる。雨が地上まで落ちてくる時間はほぼ、雨滴が小さければ小さいほど長くなる。」（二十世紀ラルース事典）。

POÉSIE《ポエジー》（詩、詩情、詩心）：あまりにも大きなことばたちに囲まれ、紙の声が押しつぶされる。

POÉTISER《ポエティゼ》（詩的にする、美化する）：ことばを、その愛が望むままにおもむかせること。

PRÉCAUTIONS《プレコースィオン》（注意、慎重）：愛するものに近づくとき、人ははなはだ慎重でなければならない。

PRÉFÉRENCES《プレフェランス》（好み、偏愛）：ゆったりした上着、コンテ産のグリュイエールチーズ、骨付きハム、ジュリアン・グラック、灰青色の目、ブラックココアと万年筆。

PRENDRE LANGUE《プランドルラング》（話をする、ことばを用いる）：　この表現は美しい。存在するものをことばにとらえ、それ自らを語らせる……。ことばを話すとは対話であり、隔たりでありかつ結びつきである。ふたりのことばが愛の声へと連携する。恋人同士が深い口づけにふたりの沈黙を重ね合わせ、ただひとつの望みを語らせるように。

PRIÈRE《プリエール》（祈り）：　つんぼの耳へのつぶやき。

QUELQU'UN《ケルカン》（だれか、人）：　われわれの中で誰かがわれわれと一緒になろうとしている。

RÊVERIE《レーヴリー》（夢想）：　魂の底の植生。

ROCŒUR《ロケゥール》（ロック魂）：　おセンチな与太者。

ROMAN《ロマン》（小説）：　公爵夫人は五時に出かけたので夜遅くまで戻らないだろう。彼女はたいそう食事好きだしおしゃべりだから、お茶の時間はいつもどおり遅くまで続くだろう。ご夫人方はビロードの椅子に腰かけ、読んだ本のこと、ソローニュへの遠出のこと、そして愛について話すだろう。彼女たちはじつに見事に時間を無駄に過ごし、何も言わずにすますことができる。

SACRIFICE《サクリフィス》（犠牲）：　秋の光が樹々をひたしているとき、部屋の中にすわったまま文字をつづることにはどこか犠牲的なところがある。

SAUGRENU《ソーグルニュ》（突飛な）：　曳き網船の甲板の上の芝刈り機。

SCARABÉE《スカラベ》（黄金虫、神聖甲虫《スカラベ》）：　長い脚のある柩。

SENTINELLE《サンティネル》（歩哨、見張り）：　作家は愛の憂鬱な歩哨である。

SEREIN《スラン》（晴朗な、心静かな）：　夕方、雲のない空に降る雨。

SEXE《セックス》（性、性器）：　まるでキュクロプスのように美しい眼差しで空を見つめるぼくらの性器よ、もうすこし立っていてくれ。

SOI《スワ》（自己、自分）：　書く行為の宿命――ついには自分自身に縛られつづけること。樹も海も道も、鉛筆もカップも、すべて偽名にすぎない。

SOLITUDE《ソリテュードゥ》（孤独）：　真実の風景。

SQUARE《スクワール》（小公園、四角い中庭）：　ガブリエル・ピエルネ公園のきささげの陰にはどっしりした重い石があって、そこに外国の美しい女たちが地下鉄の路線図を見ようとすわりにやってくる。

TABLE《ターブル》（テーブル、食事）：　われわれは来そうもない客のために食卓の用意をすることになる。

TEMPS《タン》（時間）：　骸骨を解体する。

TENIR《トゥニール》（持つ、たもつ、行う、執着する）：　黙ったままでいる、命をたもつ、もちこたえようとする、約束を守ろうとする、わたしは愛するものに執着する、わたしは自分に満足を持てない。

TENTATION《タンタスィオン》（誘惑、魅力）：　服がきちんと閉まっていないところ。

TERREUR《テレゥール》（恐怖）：　スルスィエール（鼠取り）通りでオペラ座の小鼠（練習生）が、どんよりとした目つきの殺し屋たちに、持っていた三本のカーテンレールで心臓を突き刺され、跡も残さず恐怖のうちに即死した。

VIEILLESSE《ヴィエイエス》（老い、老年）：　時おりわたしは、自分がひどく時代遅れのことを書いているのではないかと思うことがある。ランプのそばに座っている祖母の心臓から、時間はゆっくりと濁った血を押し出してゆくが、その祖母の手のように、茶色いしみが点々と、わたしのページにも散らばっているように思えてくる。

VIVANTS《ヴィヴァン》（生者たち）：　「彼らは一軒の家と一匹の蜜蜂とでできている。」（ポール・ヴァレリー）

VIVRE《ヴィーヴル》（生きる）：　分不相応に？

YEUX《ユウ》（目）：　いつか誰かがその色を語るだろうか。

訳者あとがき

一九五二年、フランス東部スイスとの国境にほど近い町モンベリアールで生まれた詩人作家ジャン＝ミシェル・モルポワには以下のような作品がある（出版された本の数はそれなりに多いので、若干をはぶいたうえで列記する）。

詩・散文

Locturnes, Lettres Nouvelles / Maurice Nadeau, 1978
La Matinée À L'Anglaise, Seghers, 1981（邦訳：『イギリス風の朝《マチネ》』有働薫訳、思潮社、二〇一八年）
Émondes, Solaire, 1981 / Fata Morgana, 1986（邦訳：『エモンド』有働薫訳、ふらんす堂、一九九二年）
Dans La Paume Du Rêveur, Fata Morgana, 1984（邦訳：『夢みる詩人の手のひらのなかで』有働薫訳、ふらんす堂、一九九五年）
Un Dimanche Après-Midi Dans La Tête, P.O.L, 1984 / Mercure de France 1996
Ne Cherchez Plus Mon Cœur, P.O.L, 1986
Papiers Froissés Dans L'Impatience, Champ Vallon, 1987
Portrait D'Un Éphémère, Mercure de France, 1990
Les Abeilles De L'Invisible, Champ Vallon, 1990

Une Histoire De Bleu, Mercure de France, 1992（邦訳：『青の物語』有働薫訳、思潮社、一九九九年）
L'Écrivain Imaginaire, Mercure de France, 1994
Domaine Public, Mercure de France, 1998
L'Instinct De Ciel, Mercure de France, 2000
Chutes De Pluie Fine, Mercure de France, 2002
Pas Sur La Neige, Mercure de France, 2004

評論
Henri Michaux, Passager Clandestin, Champ Vallon, 1985
La Voix D'Orphée, José Corti, 1989
La Poésie Malgré Tout, Mercure de France, 1995
La Poésie Comme L'amour, Mercure de France, 1989
Du Lyrisme, José Corti, 2000
Le Poète Perplexe, José Corti, 2002
Adieux Au Poème, José Corti, 2005
Pour Un Lyrisme Critique, José Corti, 2009

　モルポワの著書に付されている作品目録には場合によってもうひとつ雑纂という項目をたてているものもあり、その場合には本書原著 *Les Abeilles De L'Invisible* は *Locturne*、*La Matinée À L'Anglaise*、

Papiers Froissés Dans L'Impatience などとともにそちらに組込まれる。それは本書がその序文で「雑多な散文集」と名づけられているとおりで、これらを除いた、一九九〇年頃からは Mercure de France で独占的に出版されることになる著作群が、おそらくはモルポワがその時その時にもっとも集中して生みだしてきた作品であろう。しかし、こちらもやはり詩、あるいは散文詩とは限定されず、書誌の項目は「詩・散文」のままである。

詩か散文か

散文詩といえばただちに思い出されるもののひとつにボードレールの『パリの憂鬱』があるが、その序文には次のようにある。

……もう二十回以上にもなろうか、アロイジウス・ベルトランのあの有名な『夜のガスパール』(皆さん方にもわたしにも、そしてわれわれの友人たちの幾人かにも知られた書なのだから、有名と言ってもよいではないか)を読んでいたときに、何か似たようなこと、彼が、いにしえのじつに生き生きとした生活を写しとった手口を現代の生活に、いやむしろ、具体性を欠いたある種の現代生活の描写に応用してみる、という考えが浮かんだのであった。

その手口とは、行分けのない、無脚無韻の散文形式による詩作品であった。そのベルトランの散文詩集『夜のガスパール』の各章の題は、「フランドル派」「古きパリ」「夜とあやかし」「史伝」「スペインとイタリア」「雑詠」となっており、懐古趣味、異国趣味、妖精界のあやかしとロマン主義を髣髴とさせるものだが、詩の定型をいったん離れたところで、あくまで客観として散文による描写をゆきとどかせることで、ドイツの作家ホフマンの世界とも似て、すこし皮肉なかわいた笑いを誘うようだ。そこには、のちにロマン派的な心情を皮肉の対象とし否定しようとしたボードレールへとつながってゆく契機も認められる。また、最終章の「雑詠」では、三十四歳で早逝したベルトランの心の一端が覗かれ、たしかにここに散文詩の始まりがあると、納得させられる。『パリの憂鬱』の序文は、ボードレールがそれを見のがさなかったことを物語っている。

ただし両者とも、韻文定型による抒情というこれまでの詩のありようを全否定し、詩というものを散文形式に解消しようとしたのではあるまい。自分の情を抒べるというごく基本的な意味での抒情とは異なった心の傾向、外の世界に対する強い関心（と副次的なものとしてそこに反映される詩人の心）を、あくまでも外界を描写する作業で定着させようと試みたのではないだろうか。つまり、この段階の散文詩は、それまでの詩形式に対する内省とか批判としてよりも、詩人の視線を釘づけにする外界を自らの欲求に合わせて描ききること、そしてかなうことならそこに詩人の内界が映し出されることで一篇の詩のような作品が実現されること、を目指していたのではないか。言いかえて、詩を盛ることができるかもしれない器、として散文形式が目の前にあったのではないか。

ボードレールはそこに、心と行為がもはや直結しない、いささか具体性を欠いた当時の現代生活を盛ろうとしたのだし、ランボーは、同じように捉えがたく断層さえかかえこんでしまった内面を、それが外界と交錯して生まれるイメージを駆使し、より自在に描き出しながら、最後にはとうとうこの器も見限るようにして立ち去ってしまった……。しかし、「前代未聞の名状しがたいものの跳躍に詩人が打ちのめされたならば――さらに驚くべき勤勉家が現れるだろう。彼らは前の者が押しつぶされたその地平から始めるだろう」(一八七一年五月十五日付書簡)と、ランボー自身が言ったように、散文詩はそののちも繰返し試みられてゆく……。この世紀以降、市民社会が展開してゆくなかで、さまざまな人間の心がクローズアップされ、以前からの韻文定型詩では収まりきれなくなった心が、より自由な表現を求めて、一方では定型を崩して自由詩を生みつつ、一方では、この行分けのない散文形式が詩を試みる場=器として、今日にいたるまでずっと存続してきた、そしてそうした試みのなかから、散文形式も散文詩へと一元的に統一されるのではなく、異なった特色をもつ散文作品が並存して生み出されるようになって来た、というのが今日のありようではないだろうか。

そうしたなかで散文形式を詩の器としてある意味で正統的に用いたひとりがサン=ジョン・ペルスという詩人だったように思われる。彼は、ベルトランやボードレールの散文詩が描写にのみかたよりすぎて聴覚要素に欠けがちなことを指摘する一方で、レオン=ポール・ファルグの散文詩について、

ファルグの目に見えない韻律法は、人間の呼吸に寄り添うように、しかもじつにのびのびと軽やかに動き、常に変化に富んだ組合せを持ち、(…)フランス語の抒情表現のまだ生まれてまもない形式、その真摯な詩的言語に新しい抑揚をもたらすことができた。

(『レオン=ポール・ファルグ詩集』序文、ガリマール社)

と評している。そしてペルス自身の詩の世界も、この延長線のうえに、親密さよりは崇高さを加えて現れているように思われる。ペルスの関心はあくまで言葉のリズム・調べにある。心のなかにうねりつらなるように起こる情感を定着させるには、韻文定型のリズムや調べとは異なる、句切れや句跨りなどのない、散文の滔々とした流れの方がふさわしいのかもしれない。

われらの道は定めがたく、われらの住み処は寄るべない。粘土の口持つものは神をたたえた水を飲みほすのだ。おまえ、母なる朝の水で死者たちを洗う女よ、生ける者たちの顔も洗え、――ここは今なお戦いの茨もえる地――洗え、おお雨よ！　猛る者たちの悲しみの顔、猛る者たちの優しき顔を……。かれらの道は狭く、かれらの住み処は寄るべない。

洗え、おお雨よ！　強き者らの岩の地を。おのが力の廂のもと、大きな卓につくは、人間どもの葡萄酒に酔うことなかった者、涙と想いの味に溺れることなかった者、骨の喇叭管にしるされる名などものともせぬ者ら……

（サン＝ジョン・ペルス「雨」七より、『流謫』所収）

格調の高い原文の調子を伝えることはできないが、散文という形のもとでイメージが次々と繰り出されてゆくのを感じ取っていただけるだろうか。モルポワ自身サン＝ジョン・ペルスへの言及は多いが、こうした調べについての彼の見解をまとめると、「歌の不連続、隔たり、断片化、息切れが現代の印であるにもかかわらず、繰返しで縫い合わされた長詩を織りあげることに（サン＝ジョン・ペルスが）喜びを覚えている」としても、それは個人的な表現におちいりがちな詩、あるいは芸術主義から脱却するためであり、「自我ならびにその脆弱さ、その定まりのなさに別れを告げ」、「世界を前に驚きそのものと化し、世界の壮麗さに向き合う主体を復元することばに身を委ね」ようとしたためだ」ということになる。（『批判的抒情精神のために』一四一・一四三頁、『抒情精神』四一五頁）

このような主体を復元し、それを常態として維持するのは困難なことであり、詩の高い調べもまた時に空疎に陥りやすいことも否めないが、われわれ人間がつねに隣合せている自我の罠と世界を前にして人間の立て直しを図ろうという、そうした炉床があって初めてペルスの散文詩に高い調べがたち昇ってくることはまちがいない。

さて、このような壮麗さとはおそらく対極のところで、まったく別種の美しい散文作品を残しているのが、フィリップ・ジャコッテである。一方で自由律の詩を書き続けるジャコッテにとって、散文形式は直接詩を盛る器ということからは一歩距離をおいている。

（…）しかし、その夕刻は、さらに心にきざまれるような不思議な光景がわたしを待ちかまえていた。反対の地平線のほう、東へと道を曲がると、壁や屋根のうえ、珍しい樹々のあいだに、わたしは、頂きにかすかな雪の筋をつけた低い山が、夕陽に照らし出されているのを認めた。そのとき山がどのようにわたしに語りかけたのか、今なおわたしに何を語りつづけているのか、知ることはなお少ない。あえて言うならば、それは夕刻の不思議な明るさ、この上なく透明に浮かびあがった姿、

「澄みきった」という語が言わんとするまさにそのものだった。しかしそれはやはり何か別のもので、天使たちのことばでなければ、それを正確に伝えることはできないだろう（それでもやはりそれは誰にでもある、もっとも身近で、もっともつつましいものなのだ）。（…）

（『見えない形のある風景』*Paysages Avec Figures Absentes*）

詩的感興というよりは、もうすこし低い位置から、目の前の世界を捉えようとする忍耐強い、しかしどこまでも静けさに満ちた、ジャコッテ特有の空間。その散文は、おおよそ題材そのものが自然の姿などすでに抒情的で、詩と近いものが胚胎しているが、詩人のノート（『播種期』*La Semaison*）にも「心のなかの虚ろをともに語り出すこと、しかもそれにあらがって」とあるように、そこには、（「天使たちのことば」を装うことなく、人間として）自分はどのような声を発すべきなのか、という内省がともなっている。詩と自分とのあいだに距離をおき、詩を模索する散文。そこに開かれた空間で、詩の種を蒔くようなつつましい自由を試みるうちに、ときに詩的瞬間ないしは抒情的瞬間とでもいうべきものが来たされ、詩よりも詩的なことばが析出される。

思索の水：魂を洗うことば。

村が、遠くからは水晶となる時刻。

庭に花開く最後の樹々——涙。

（いずれも『播種期』より）

そしてもうひとり、詩や抒情ということからもうすこし自由なところで独特の散文作品を残したエドモン・ジャベスを挙げておこう。エジプト生まれのユダヤ人で、のちにパリに移り、詩作もあるが、七つの書から成る『問いの書』を皮切りに、ユダヤ教のラビ（「わが師」の意、またトーラー（旧約聖書の冒頭五書）を知る学者）のことば、あるいはラビ同士さらにはラビと弟子たちとの対話などに仮託して、流謫の民としてのユダヤ人の内省を秘めながら、形而上性の高いことばを刻んだ。

師シェムリは記した、「わたしは言う、砂粒どうしが似ているのは見かけにすぎない。苦しみと苦しみが、歓びと歓びが似ているのは見かけにすぎない。何ひとつ類似するものはない。万有と神とが似ているのは全と無が似ているからだ、あたかも無が全の形であり、全が無の形であるかのように。（…）全を見通すことのできないわれわれの目は無をとらえることもできない。」

（『類似の書』*Le Livre Des Ressemblances*、一一四頁）

見捨てられた地の嘆きの書。これほどもの涙、このインク。涙、ユダヤのインク。

（同一一七頁）

「書くためにわたしにはわたしの生が必要だ、しかしわたしの生は書かれたいと願っているのだろうか」、彼はそう問うた。

（『対話の書』*Le Livre Du Dialogue*、九頁）

死は、空と同様、下にある。梯子の下のほうに。そしてその上方にあるのは、飛翔、魂、生。

（同七九頁）


人が希望の果てまでたどり着くことはない。

（同八〇頁）


題名のとおり類似が題材にされ、あるいはすべてが対話であることによってひとまず全体は統一されているが、そこには論理の展開も物語としての進展も乏しい。「各部が書全体よりも浮き上がる断片的な形式」（モルポワ『それでもなお詩を』*La Poésie Malgré Tout*、二〇七頁）であり、断章またはアフォリズムの趣を持っている。

＊

さて、詩を念頭にフランスの散文詩と最近の散文の一端をたどったところで、モルポワの作品の性質のおおよそのところを捉えておきたい。

最初に記したように、モルポワの作品の一群は「詩・散文」という項目で分類されている。自由律の行分け詩のみで成り立っている本も何冊かあり、それを詩集とし、残りは散文集に分類しようとしても、そのなかにはすでに行分け詩と散文が混在するものがある。その散文はペルス的な意味での散文詩ではないが、詩的な要素は明らかにある。しかしその多くはおそらくジャコッテと同様、「詩」

とのあいだに距離をたもっている。その上でそれを一書とするからには、やはりそこには内的な連関があるはずで、モルポワの作品をその形から詩と散文に二分するのは不可能なのかもしれない。むしろ、その詩と散文がお互いにどのようにかかわっているのかを探ることができれば、モルポワの作品像がより明確に現れてくるのではないか。

代表作のひとつ『枝おとし』（*Émondes*）の序文は次のように始まる。

詩は今日終る。消え、そしてまっとうされる。（Fata Morgana 版、一五頁）

なぜか。「詩は美をもてあそびすぎ、語ることに無自覚で、身勝手にことばを使い果たしてしまう」（二一頁）からである。そこでその贅をそぎ取った形として、

断章は詩を棺に納める（同二二頁）

こうして断章の形をとったモルポワの散文は、ジャコッテの散文と同様に詩を対象とするが、いったん詩を消去するところまで進む。詩と対峙し、詩を否定的に採りあげる。しかしそれはあくまで、

断章は詩の自覚的な良心である（同二四頁）

かぎりにおいてであり、

断片による書式は、詩に反発すると同時に詩を受入れもする。（同二三頁）

つまり、それは詩と、肯定的にも否定的にもかかわりを持ちつづけ、「散文と韻文のあいだに宙づりにされたまま」（一九頁）、詩から離れたり近づいたりしながら、終着点のないままに進んでゆく。それが「歌にとって代わった」「アフォリズム」（二二頁）となり、またときに抒情的なうねりを伴って、詩的な散文ともなる。その散文にいささか物語性が加わるとしても、それは本書（五五頁）にもあるとおり、その登場人物もはっきりとは「肉づけされない」「内服霊」のような仕方にすぎず、とくに物語ないしは小説へと向かうものではない。


この青い色はさすらい漂う——波の群れ、泡の大平原、そして深い底には獰猛な貝類、毛におおわれた赤い藻、そして溺れ死んだ者たちの不吉な夢……。

海が身をひいてからというもの、空はますます重たくなった。手いっぱいの夢を星の頭に投げつけた子供のころのおもちゃの兵隊の城の残骸のあいだを、われわれはひざまずいて歩む。

一晩中、わたしはいくたびも海に向いた扉を押し、揺れやまない水辺にかがやく突堤のうえを歩いた。遠くには、死者たちがあやつる何艘かの舟のまんじりともしない角灯……。

そしてわたしは、裏返された舟の影に身を寄せ砂の上にすわった。手を膝におき、天使たちが落ちてくることを知らせる鐘の音が沖に聞こえはしないかと。

（「夜の海」Ⅲ、『夢みる者の手のひらのなかで』所収）

抒情（的な、性）、抒情精神

一九八〇年代のこと、ガリマール社のカタログで、五〇年代生まれの世代を中心に一連の詩人たちが「新抒情派（nouveaux lyriques）」として紹介されたことがあったようだが、その時のことかどうかはさておき、モルポワもまたそのひとりと見なされている。

特に六〇年代を中心に、構造主義など当時の人文科学の趨勢のもとで、事物とことばとのあいだの不連続が強調され、現実の客観性にたいしてはテキストの客体化が志向され、文学作品の制作という表現がさかんに用いられた。しかしそうした流れがひき始めるとともに、人間の現実的な活動と創作行為を裁断しがちな（あるいは創作行為もまた人間の現実的な活動と同等なひとつの具体的活動とみなす）文学理論からは遠ざかり、その相互依存を認めたうえで世界に向かい、そこにことばによる表現を見いだす「抒情的な」態度があらためて見直されるようになったというのである。（前者の傾向を代表するひとりは『物の味方』の詩人フランシス・ポンジュと思われるが、さらにはクロード・ロワィエ・ジュルヌー、エマニュエル・オカールなど「直叙派（littéraliste）」と呼ばれる詩人たちもそこに加わるだろう）。

「抒情（性）、抒情的な（lyrique）」という日本語はその意味の輪郭が必ずしもはっきりとはしない語だが、フランス語でも同様らしい。語源は「竪琴(lyre)」にあり、オルペウスが竪琴をひきながら歌う歌には動物たちも、はては樹々さえもが聞き入ったという神話が秘められているようで、生きとし生けるものをうっとりさせるような表現ということが、この語の根底に横たわっていることは間違いなさそうだ。そしてそこから派生したlyrismeという名詞はやっと十九世紀になってからの造語ということだが、モルポワはこの語にこだわる。

抒情。わたしはこの語に決着がつけられない。それはわたしのなかで心臓のように脈打ち、跳びだそうとする。

抒情。ことばがうごめき踊りだそうとするとき、(…)

抒情。この語は最良のこと最悪のことを同時に語る。詩の力強さとともにそのたじろぎを、飛翔と失墜を、はたまた熱狂と空騒ぎ、心の息吹きと沈滞を。

(『とまどう詩人』三五五頁)

この語が肯定的・否定的な二重の意味を呼びさますのは、人間がその内面を吐露すること自体にそなわったことなのか、キェルケゴールにもこんなことばがある。

詩人とはなにか。深い苦悩を心にひめながら、唇のできぐあいのために、嘆息や悲鳴が唇から流れ出ると、美しい音楽のように聞こえる、不幸な人間である。

(「ディアプサルマータ」、『あれかこれか』浅井真男・志波一富訳、河出書房)

このような無自覚な内面の吐露という、抒情の否定的な面を認めたうえで、モルポワはあらためてlyrismeという語を執拗にたどってゆく。その跡を『それでもなお詩を』の冒頭に収められた「抒情のまやかし（L'illusion lyrique）」を手がかりに読みたどってみたい（lyrismeという語は「抒情主義」とも訳せるだろうが、モルポワの文脈では「抒情」とりわけ「抒情精神」としたほうが通りがよくなることが多いので、以下これを用いる）。

*

人間の内面にせよ外界にせよ、その現実とは離れたところにことばは独自の世界を築くことができるが、そのようにして自らの独自性を認め、世界の秩序に対して自立することができると思うところにことばの驕り＝「抒情のまやかし」がある。こうして現実を捉えたと誇る詩にたいし、現実の側が訴訟を起こす（この裁判の比喩は、かつてプラトンが詩人を国家から追放したことにつながっていよう。その罪状は、人間は（イデアを模倣した）現実からイデアへと向かうべきところに、詩人はその現実を模倣し、それによって現実よりもさらに一段低い世界を作り出す、というプラトン独特の思想によるが、それもまた「抒情のまやかし」とまったく無縁のものとは思われない）。詩の主観性が追及される対象となり、詩は被疑者の立場におちいる（ことばと現実とのかかわりを考えるとき、ここまではおそらく多くの人の心によどんでいる意識だろう。しかしモルポワはここでもう一歩を進める）。

さて、詩人自身がここであえて被告（詩篇）の罪を認め、その弁論が検事の論告とつながり、自分と詩との無自覚な一体性を放棄して周囲との複雑なかかわりへと歩みを進めるとき、「抒情のまやかし」が「抒情精神の真実」へと変質しはじめる。そもそも人間は絶対とか認識というものを直接手にすることはできない。「人間は他者を認識し、ひるがえって自分に欠落するものを知ることで自分を認識する」（ポール・クローデル）。自分とは違うもの、自分に欠けているもの、自分には理解できないもの、人はそれを求め、それを自分の外に築きあげ、ことばによってそれにつながるのだ。「抒情精神（の真実）」とは、孤独のうちにある「抒情的なもの（のまやかし）」とは異なり、こうした他者とのつながりのなかに生まれるものである。

また、人は物事を現状のままにしておくことができない。そこにすでにあるもの、あるいはすでに一度言われたことで満足することができず、そこにかならず何ものかをつけ加える。何ごとかがこれを最後に獲得される、ということはない（真の宗教者ともいうべき人は除外されるべきかもしれないが、しかし、出家する日こそもっとも大きな悟りの日だと道元が言うように、その悟りをのちも保ってゆくには、俗人とは異なった機微が続くのかもしれない）。

こうして人間は孤独のうちには安定せず、逡巡にとどこおりがちな存在だが、抒情精神は、たとえそれが空頼みであった場合でも、「～を望んで」人間が一歩進むことをうながし、またそれが過ちやすいものであるとしても、同じく過ちをおかしやすい愛のように、生きている証しをなす。私欲と配慮、要求と同意、調和と不和という人間にふさわしい脈動が作品にしるされ、詩はこうして、可能事と不可能事、獲得と喪失の形象、限りあるものと無際限なものとが重なり合い、結び合わされる場となる。そこで詩はことばと存在と事物を近づけるが、かけ離れたものがより近しい他者に、そしてその他者がさらには隣り合うものになるその動きには人間の形象もふくまれ、詩が書かれるところに何かしら人間らしさがひろがる。そして超越した立場にたいして詩は、地上のさまざまな連関を増殖し、単純な解決やユートピアの誘惑にたいしては、その定まることなき知の複雑な動きをもって応える。詩は現実の生そのものと同じようにざわめき、もつれ、沸きたつべきで、そうして初めて、そのエネルギーの循環そのものが幻滅や苦い思いに対して応えることになる。

詩人の仕事は、その抒情精神において、現実的なものと幻想的なもの、可能なものと不可能なものを向き合せ、ありうべきことをおしはかり、人間としての欲動をたもつことにある。それこそは「希望」と呼ぶべきものであろう。希望とは、真実の生を約束するようなものではないし、解放ということともかかわらない。それは、人間には到ることのできないものを知り、それによって自らを限定し、立ちどまらずに歩みを続けようとすることである。

まとめるうちに切り捨てたり、取り落としたり、不正確なところもあるかもしれないが、おおよそはこのようになると思われる。近代以降今日にいたるまで、ことばが詩を志向するとき、韻文、自由詩、散文という形式をつらぬいて、そのすべてに等しく、抒情性（的な：lyrique）・抒情精神（主義：lyrisme）という内実がかかわっていると見てよいだろう。これらの語はしかしはっきりと定義し分けられるものではなく、モルポワ自身必ずしも厳密に使い分けているわけではないが、モルポワにあっては後者、とりわけ抒情精神に主眼が置かれていることは、もはや言うまでもないだろう（lyriqueという形容語は、個人的な詩という範疇で否定的に用いられることもある）。詩を訴追しつつ詩の味方にとどまり、最終認識を手にできない人間がどうしても向き合わざるをえない欲動にしたがい、そこに生じる矛盾や不調和を引き受けたうえで、「人間の実存という構造物にはいりこんでくるすべての要素」をことばに取りこむ姿勢が、モルポワの「抒情精神（lyrisme）」の核心であり、近年そこにもうひとつ形容詞をつけて「批判的抒情精神（lyrisme critique）」という造語がより頻繁に用いられるようになっている。

モルポワの作品は、自由詩の形であれ散文体であれ、それが断章に傾くときであれ、かすかに物語を運ぶときであれ、この抒情精神を内包し、それがことばを進める力のひとつとなっている。その抒情精神が志としていたずらに強調されることはなく、人間ゆえの定まりのないはかなさもしるされ、また最終決着は望むべくもないゆえ、作品はすこしずつ題材を変え、変奏されながら、繰返されてゆく。ただし、「抒情のまやかし」に陥らないために、常に「われわれのことばとわれわれ自身をともにきりつめ」、「多くは語らず、より正確に語る」（『枝おとし』）ことによって。

書きながらおまえは雪のうえに歩を進める。どれだけ遠くへ行こうとも、紙は白いままだろう。ふり返ると、太陽がおまえの足跡をくらませる。おまえは読み返すことも、暗誦することも、道をたどり返すこともできない。行かなければならない、白い夜のなかをまだ歩かなければ。

（『雪のうえの足跡』六十四頁）

さて本書については最初に記したとおり、モルポワ自身「雑多な散文集」と呼んでいる。それならば、たとえば詩人が、その詩作品とは別に散文にしたためたエッセイ集といったように考えればよいのだろうか。無論おおよそはそれで間違いないのだが、これまで考えてきたことを本書にあてはめるとどうなるか。

さきにたどったモルポワの論で抒情精神が批判した「抒情のまやかし」とは具体的にはどういうものだろうか。それは、詩がことばによってなぞられた世界である以上、「実際には手がかりもつかんでいないのに物事がしっかり捉えられている」ように見せかけることができ、醜さや無関心、憎しみにかこまれた世界でもなお美や愛が無傷であると思いこんでしまうことができるということ、つまり、われわれの「実存の欠陥を幻によって埋めあわせて」(「抒情のまやかし」)しまうことができるという事態である。抒情精神とはしたがって、抒情を捨て去ることなくしかも、こうした事態を詩に来たさないようにする心構えであり、それを足がかりとしてありうべき詩を模索する心の在り方ということになるだろう。そして先に見たように、どのような形式であれ、モルポワの書くものにはこの抒情精神がつねにかかわっているとすれば、間接的に「詩」もまたかかわっていることになる。つまり、モルポワの散文には、かれ自身が意識してそれを排除しないかぎり、すでに「詩」がはいりこんでいる。「詩を棺に納め」、否定する散文からありうべき「詩」にもっとも近づくところまで、さまざまな階梯において「詩」とかかわりを持っている、それがモルポワの散文の特質と言えそうである。先にあげた三人の散文作品の中では、ジャコッテのものにモルポワの散文はもっとも近しいと思われるが、ジャコッテの散文では「詩」は基本的にはほぼ対象の段階にとどまっているのに対して、モルポワにあっては散文の中につねに「詩」のいくばくかがはいりこんでいるのだ。

先に引用した「夜の海」は作品集『夢みる者の手のひらのなかで』の一章で、一節から四節程度の短い散文（引用はその一部）十篇から成り立っている。このように、ある素材や主題にしたがって短い散文を重ねて描いてゆく、というのがモルポワの多くの作品に共通する手法で、たとえば本書の最初の章「蜜蜂であること」も同じ手法による。つまり主要な作品と同じ手法である。ただし、その描き進め方は、断章の規模が不揃いであったり、ディドロからの引用だけで成り立っている段もあるなど、より自由である。つまり、「詩」とのかかわりは保たれつつも「雑多な散文」のひとつであるとこれを見なすのがやはりふさわしいだろう。このことは本書のほかの多くについても言える。またこのように考えてくれれば、「雑多な散文集」のなかに、詩草（poèmes）と銘うった章（「夜行列車頌」）があることも、ごく自然に受け入れられるだろう。こうして本書は「雑多な散文集」でありつつ、しかも主要な作品の系列とも微妙にからみ合い、詩人が作品とは別に書いた「散文集」とは言いきれない面を持っている。ジュリアン・グラックを採りあげた「驚異の感覚」やおそらくは友人でもある画家クリスチャン・ガルデールについての「息吹きの誕生」、また文学論・言語論のような「いくつかあるゆえ不完全な……」、「詩的霊感について」、「句読法礼讃」、「絶対的に現代的でなければならない」など、すべて客観的な論とはやや異なった趣になっていることも、同じ事情によると思われる。蜜蜂や猫について語り、神のことで天使たちに語りかけ、文学やことば、絵画・音楽を論じ、さらには

「アマリ怖ジズニ」にいたってどうでもよいような新聞記事や卑近な日常にまで話が及んでも、そこには（批判的）抒情精神が働いていてそれぞれの段階でそれなりに「詩」とかかわっているのではないだろうか。あるいは本書一四〇頁のMOIの項目にもあるように、そもそもその抒情精神が詩人をして、そうしたすべてのものに向かわしめるのかもしれない。一方で詩人自身を死への一方通行路を進む通行人、通り過ぎてゆく人、定めなき人とし、すべてのものと同じ地平にとどまる者としたうえで……。そう考えると、「簡略無限辞典」の一語一語は、限りある者の道を歩む詩人が、無限を見やりながら、その途上に認めたものをその場その場にしるし置いた道標、いわば抒情の道しるべのように思われてくる。木か石でできたこの素朴な（ときには少しばかりユーモアもたたえた）道しるべは道端にひっそりとして目立たないが、そこに簡潔にしるされている事柄はすでに他者へと向けられていて、それを目にする者は、そこに注いでいる同じ光と塵とが自分にも注いでいることに気づかされ、自分がある今の景色にあらためて思いをいたすことになるのではないだろうか。そしてありうるとすればやはり詩は、こうして生と死と、そして永遠とが交わるところにひそんでいるらしいということに。

＊

本書には引用が多いが、それは自在な仕方であり、場合によっては原文の文脈からは離れていることもある。また、すでに述べたとおり、評論や論文とは異なっており、とくに引用の出典を明記する必要はないと思われるが、フランス人の読者とはちがい、わたしたち日本の読者にとっては疎遠であって当然のものもあるだろう。そこで、本書をより楽しむために、また、本書からその引用のほうへと興味をのばすきっかけとなるかもしれないゆえ、気づいた範囲内で引用箇所を以下に整理しておく。この点については訳者からモルポワ氏にメールでお尋ねする機会を何度か得たが、そのたびに、二を尋ねたら三、四の答をくださる、ていねいな返事をいただいた。そうした引用箇所については、わたし自身あらためて調べてみたが、いくつか出典を確認できないものがあり、その場合には、ページ数の下に△印を附しておいた（何かご存知の方がありましたら、ご教示ください）。

＊

扉　**われわれの務めは……**　ライナー・マリア・リルケ「ヴィトルト・フォン・フレヴィチ宛書簡一九二五年十一月十三日消印」（『リルケ書簡集II 1914-1926』富士川英郎・高安国世訳、人文書院）

蜜蜂であること

14　**翼をもたらしておくれ……**　プルタルコス「ピュティアは今日では詩のかたちで神託を降ろさないことについて」（『モラリア 5』丸橋裕訳、京都大学学術出版会）

15　**光の娘たち・仕事は喜び**　ヴィクトル・ユゴー「皇帝のマント」*Le Manteau impérial*（「懲罰詩集」所収、『ユゴー詩集』辻昶・稲垣直樹訳、潮出版社）

16　**すべては知覚から……**　ドゥニ・ディドロ「自然の解釈に関する思索」九章（『ディドロ著作集 第一巻』小場瀬卓三訳、法政大学出版局）

19　**群が飛びたつ機先を……**　ヴェルギリウス『農耕詩』第四巻「蜜蜂」（『牧歌・農耕詩』河津千代訳、

未來社）

仔猫が死んじゃったの

24 **ユリシーズ** ギリシアの英雄オデュッセウスのラテン名。トロイア戦争後故郷のイタケーへの帰途、海神ポセイドンの怒りにふれ、さまざまな冒険を課された

天使たちとの対話

31 **隔たりをなくすとは……** ルネ・シャール「もろい年齢」*L'Âge cassant*（増補版『基底と頂上の探求』所収、『ルネ・シャールの言葉』西永良成訳、平凡社）

陰翳を、…… ポール・ヴェルレーヌ「詩法」*Art poétique*（『昔と今』所収、『ヴェルレーヌ詩集』堀口大學訳、ほるぷ出版） ＊このあたりは「よく見る夢」*Mon rêve familier*（『土星の子の歌』）も参照すべきか

32 **△死 - のために - 存在する** マルティン・ハイデッガー『存在と時間』第二篇第一章のことばの仏訳か

なぜ無ではなく…… ライプニッツ『理性に基づく自然と恩寵の原理』（『ライプニッツ著作集9』米山優訳、工作舎）

36 **おまえは実在する……** シャール「違反せよ」*Contrevenir*（『群島をなす言葉』所収、『ルネ・シャール全詩集』吉本素子訳、青土社）

驚異の感覚

38 「城」、「半島」ともにジュリアン・グラックの作品名で、この章全体に直接・間接にグラックからの引用がある

ブラネス神父　スタンダール『パルムの僧院』の登場人物

シャルル　ギュスターヴ・フローベール『ボヴァリー夫人』の夫

40 **モーナ**　グラック『森のバルコニー』の奔放な女主人公　このあたり、グラックだけではなく、アンドレ・ブルトン『狂気の愛』などからの引用が混在している（モルポワ氏自身からの教示）

偉大なる透明さ　ブルトン『シュルレアリスム第三宣言のためのプロレゴメナ』にこの語がある

ちぎれた舌

45 **ミヌー・ドゥルーエ**　一九五六年、十歳になるかならぬかで詩集を出版し、当時評判になった才女。その後シャルル・アズナブールなどのシャンソン歌手や、セゴビア・カザルスなどのクラシック奏者ともピアノで共演をした

47 **第二の悲歌**　リルケ『ドゥイノの悲歌』第二歌（手塚富雄訳、岩波文庫）

48 **「癒えることのない聖痕」**　シャルル・ボードレール「愛に関する慰めの箴言抄」*Choix de maximes consolantes sur l'amour*（『ボードレール全集V』阿部良雄訳、筑摩書房）

いくつかあるゆえ不完全な……

59　いくつかあるゆえ不完全な　ステファヌ・マラルメ「詩の危機」（『筑摩世界文学大系48』南条彰宏訳）

プレイヤード派　ピエール・ド・ロンサール、ジョアシャン・デュ・ベレー、モーリス・セーヴ、ポンテュス・ド・ティヤールを中心とした十六世紀フランス・ルネサンス期の詩派。女流詩人としてルイーズ・ラベも有名。イタリア・ルネサンスにならい、詩語としてフランス語を用いた

60　「存在どうしのある種の本質的な連関」　イヴ・ボンヌフォワ「ベルナール・ファルシオラとの対話」（『詩についての対話』*Entretiens sur la poésie*、メルキュール・ド・フランス刊）

64　「花」・「純粋観念」　マラルメ「詩の危機」

詩的霊感について

70　人間の手と口でもって……　デュ・ベレー『フランス語の擁護と顕揚』（一五四九年、公用語のラテン語に対し、文学のことばとしてフランス語を用いること、そしてそれを高めることを宣言した書）

70　△詩人とは……　ジョルジュ・ドークワ編『ステファヌ・マラルメとの対話』

72　霊感については……　モーリス・ブランショ「霊感Ⅱ　オルペウスのまなざし」（『文学空間』粟津則雄・出口裕弘訳、現代思潮社）

74　低い、地上的な……　ド・ティヤール『第一の隠者』*Solitaire premier*

循環のあるところには……　ジョルジュ・ペロス『スクラップ帖3』*Papiers collés III*

句読法礼讃

78　粗雑な、たんに論理的な……　ポール・クローデル「一九〇七年二月九日 ジイド宛書簡」（『愛と信仰について A・ジイドとの往復書簡』所収、『河上徹太郎全集第七巻』勁草書房）

われわれの句読法には……　ポール・ヴァレリー「言語」（『カイエ』所収、『ヴァレリー全集 カイエ篇2』佐藤正彰・寺田透訳、筑摩書房）

息吹きの誕生

84　クリスティアン・ガルデール　フランスの画家。モルポワとの共同制作もあり、モルポワの盟友のような画家

白い地の上の白い四角形　ロシアの画家マレーヴィチの作品。マレーヴィチは未来派などの影響を受けながらシュプレマティスム（絶対主義：無対象をその主義とする）にまで到った

86　真とは気と実質……　荊浩『筆記法』（矢代幸雄『水墨画』岩波新書による）

世界に大きさを……　ミシェル・コロー『地平線の寓意』*L'horizon fabuleux*（ジョゼ・コルティ刊）

音楽の望み

91　バッハを聞く者は、……　E・M・シオラン『涙と聖者』（金井裕訳、紀伊國屋書店）

アマリ怖ジズニ
107△この麗しきフランス、……　フローベール
108～109　シャルルの会話は、……など　フローベール『ボヴァリー夫人』
109△デュボラールとマニシェ　フローベール『ブーヴァールとペキュシェ』の草稿の段階での名前か

絶対に現代的でなければならない
117　絶対に現代的でなければならない　アルチュール・ランボー「別れ」*Adieu*（『地獄の季節』所収）
119　「濃密な思索」・「不快な静けさ」・「恥ずべき喜び」　ボワロー『書簡詩』第十一
121　「自殺」という語について書いていた……　ミシェル・レリス『成熟の年齢』松崎芳隆訳、現代思潮社
122　モニメー（フェディメーに）　ジャン・ラシーヌ『ミトリダート』（『ラシーヌ戯曲全集Ⅱ』人文書院）
123△わたしはただひたすら、……　アルベール・カミュ
124　ついにマレルブがやって来てた……　ボワロー『詩法』第一の歌（守屋駿二訳、人文書院）
125　一方では永遠不易な……　ボードレール『現代生活の画家』第四章「現代性」（『ボードレール全集Ⅳ』）
古典作家とは……　ヴァレリー「ボードレールの位置」（『ヴァリエテ』所収、『ヴァレリー全集7』筑摩書房）
批評家が詩人になるのは……　ボードレール「リヒャルト・ヴァーグナーと「タンホイザー」」の

パリ公演」二章（『ボードレール全集Ⅳ』）

126　古典的であってはならない……　ヴァレリー「文学」（『カイエ』所収、『ヴァレリー全集 カイエ篇8』）

簡略無限辞典

133　人間の肉に対する……　ノヴァーリス「断章と考察 1799-1800」*Fragmente und Studien 1799/1800*

135　緑をおびて　はた薔薇色に　ポール・ヴェルレーヌ「ブリュッセル」*Bruxelles*（『言葉なき恋唄』所収）

137　「美しい緑の時間」　ジャン・トルテル「名付けられた刻《とき》」*Instants qualifiés*（選詩集 *Limites du corps* 所収）

139　行政官を人間に……　ボードレールの友人アスリノーの手帖にしるされていたボードレールの言葉。フランス語では二巻本プレイヤード版の *journaux intimes*（内面の日記）末尾に記載されている。

147　彼らは一軒の家と……　ヴァレリー「エウパリノス」（『ヴァレリー全集3』）

著訳者略歴

ジャン＝ミシェル・モルポワ　Jean-Michel Maulpoix

一九五二年フランス・ドゥー県東部の町モンベリアール生まれの詩人作家・評論家。パリ第三（ソルボンヌ）大学教授。一九七八年以降、数々の詩、散文作品を発表。とりわけ、散文形式の作品の中に、物語性よりも抒情性を秘めた独特の作品群がある。一九九〇年以降は今日にいたるまでその中心的な作品はメルキュール・ド・フランス社から出版されている。『枝おとし』、『青の物語』、『雪のうえの足跡』など。また、『それでもなお詩を』、『抒情精神』、『詩に別れを』など抒情を主要なテーマとしてさまざまな詩人をとりあげた評論集は、フランスの近現代史の流れを知るうえにも、ヨーロッパの詩史全体を把握するためにも、好著となっている。

綱島寿秀　つなしま・としひで

一九七八年東京大学文学部仏文科卒業、一九九九年東京都立大学独文学科博士課程単位取得退学、大妻女子大学・国際基督教大学非常勤講師。訳書に『海の上の少女――シュペルヴィエル短編選』『ネリー・ザックス詩集』、論文に「松葉杖、おまえ翼よ……」（パウル・ツェラン論）など。

見《み》えないものを集《あつ》める蜜蜂《みつばち》

著者
ジャン＝ミシェル・モルポワ
訳者
綱島寿秀《つなしまとしひで》
発行者
小田久郎
発行所
株式会社思潮社
〒一六二―〇八四二　東京都新宿区市谷砂土原町三―十五
電話〇三（三二六七）八一五三（営業）・八一四一（編集）
FAX〇三（三二六七）八一四二
印刷・製本所
三報社印刷株式会社
発行日
二〇一九年五月二十日